Ferdinand et ses micropouvoirs

Hélèna Villovitch

Ferdinand et ses micropouvoirs

Neuf
l'école des loisirs
11, rue de Sèvres, Paris 6e

Du même auteur à *l'école des loisirs*

Collection NEUF

Mona Lisa et moi
À la fraise

Loi n° 49.956 du 16 juillet 1949 sur les publications destinées à la jeunesse : avril 2011
Dépôt légal : avril 2011
Imprimé en France par CPI Bussière à Saint-Amand-Montrond
N° d'impr. : 110779/1.

ISBN 978-2-211-20472-9

Chapitre 1

– Ferdinand, m'a dit Thierry, j'ai une super bonne nouvelle pour toi.

Je me suis méfié. Lorsque Thierry prétend m'annoncer une bonne nouvelle, cela signifie trop souvent que nous devons faire nos bagages à toute vitesse, grimper dans le premier train, débarquer dans une ville où nous ne connaissons personne et nous mettre à la recherche d'un logement. Thierry adore voyager, découvrir sans cesse de nouveaux lieux et de nouvelles têtes. Moi, pas du tout. En plus, cela faisait seulement quelques semaines que nous habitions un joli appartement ensoleillé, juste à côté d'un square, où je commençais à avoir des habitudes.

– J'ai trouvé un job, a repris Thierry. Cette fois, on s'installe ici pour de bon et…

J'allais me dresser sur mes pieds pour sauter de joie, mais Thierry a terminé sa phrase :

– … et tu vas enfin pouvoir aller à l'école !

J'ai fait la moue. En fin de compte, ce n'était que la moitié d'une bonne nouvelle. L'école, j'y suis déjà allé. J'en ai même fréquenté une bonne dizaine, pour tout dire, et ça ne s'est jamais bien passé. Je préfère quand Thierry m'enseigne lui-même les maths et le français. En géographie, il est très calé.

– Allez, a dit Thierry. Tu vas voir, cette école-là, ça va être le pied. Tu n'auras que le boulevard à traverser pour y aller. J'ai rencontré ta future maîtresse, elle s'appelle mademoiselle Chouette et elle porte très bien son nom. Tu vas passer une année absolument démentielle.

J'ai soupiré, tout en esquissant un sourire. Thierry utilise à tour de bras des expressions démodées qui m'amusent malgré moi. Au fait, je crois que j'ai oublié de préciser que Thierry est mon grand-père.

– Et ça commence quand, cette école ? ai-je demandé.

– Demain, a répondu Thierry. Est-ce que ce n'est pas mégacool ?

C'était mégacool. Sauf que, quand je me suis réveillé le lendemain matin, le réveil indiquait huit heures et que j'entendais encore mon grand-père ronfler de l'autre côté de la cloison. J'ai hésité un instant à me rendormir, mais je me suis dit qu'arriver en retard à l'école dès le premier jour risquait de me faire repérer.

J'ai donc attrapé au hasard un disque vinyle (une de ces immenses galettes noires datant du siècle dernier) dans la collection de Thierry. Sur la pochette figuraient quatre types effrayants, juchés sur des talons immenses, qui avaient du maquillage noir plein la figure. Je l'ai lancé à fond sur l'électrophone et ai mis la cafetière électrique en route. Puis je me suis habillé en quadruple vitesse et me suis préparé un sandwich au fromage pour manger sur le chemin de l'école.

Quelques minutes plus tard, nous marchions à vive allure sur le trottoir.

– Bien joué, mon pote, m'a félicité Thierry entre deux gorgées du café qu'il buvait dans son *mug* préféré, celui à l'effigie du robot R2D2.

Ça n'a pas été compliqué de trouver l'entrée de l'école : c'était la grille devant laquelle s'agglutinaient des gamins de six ans au visage anxieux, des grands de onze ans à l'air blasé et des parents qui se connaissaient tous les uns les autres. Comme d'habitude, notre arrivée, à Thierry et à moi, a provoqué des regards étonnés dans l'assistance. Très honnêtement, je ne pense pas être particulièrement original dans mon apparence. Mais mon grand-père, avec ses bottes en cuir, son blouson clouté, ses lunettes noires et sa longue mèche lui tombant sur les yeux, se fait toujours un peu remarquer, surtout dans les petites villes.

– Je crois que je vais m'en sortir tout seul, lui ai-je chuchoté avant qu'il n'entreprenne de devenir copain avec tous les parents de mes futurs camarades.

– Dans ce cas, je retourne me coucher.

Heureusement, la sonnerie avait couvert les paroles de Thierry.

Dans la cour se formaient des groupes d'élèves qui se racontaient leurs vacances d'été. Moi, j'étais tout seul, mais cela ne me dérangeait pas. Ce n'est pas que j'apprécie particulièrement la solitude, mais j'en ai l'habitude. Soudain, j'ai senti une main qui s'agrippait à la mienne et j'ai dû baisser les yeux pour voir à qui elle appartenait. À côté de moi, se tenait une petite, une toute petite fille. Deux ou trois garçons de mon âge m'ont regardé d'un drôle d'air, mais je n'ai pas pour autant tenté de dégager ma main. D'une part, cela n'aurait pas été poli, et d'autre part, j'étais ému qu'une aussi petite fille m'offre son amitié. Je lui ai demandé doucement :

– Comment tu t'appelles ?

La petite n'a pas prononcé un seul mot, mais elle a serré plus fort encore ma main dans la sienne, qui était vraiment minuscule. Puis elle m'a regardé droit dans les yeux et m'a gratifié d'un immense sourire auquel il manquait quelques dents. Je lui ai souri à mon tour. Autant considérer les choses du bon côté : même si ce devait être la seule que je me ferais jamais dans cette école et même dans le cas où elle refuserait toujours de me révéler son prénom, au moins, j'avais une amie.

Tout d'un coup, un vent glacé a soufflé sur la cour de récréation. Les oiseaux ont arrêté de chanter, les conversations ont tourné court, les dos se sont raidis et des expressions affolées sont apparues sur les visages.

– La directrice ! a murmuré quelqu'un.

– Silence ! a rétorqué une voix haut perchée.

J'ai levé les yeux et aperçu, au sommet d'un escalier, une longue silhouette maigre vêtue de noir des pieds à la tête. J'ai eu un moment l'impression de me trouver à l'école des sorciers d'Harry Potter. Cependant, la directrice ne portait pas de chapeau pointu. Elle n'a pas non plus prononcé de formule magique, mais s'est mise à faire l'appel sans aucune originalité.

Les CM2 sont entrés les premiers dans leur classe et je me suis étonné de ne pas en faire partie. Puis les CM1 et je n'étais toujours pas appelé Je me suis dit que mon grand-père, lorsqu'il avait procédé à mon inscription, avait dû se tromper en donnant ma date de naissance. Mais je n'ai pas osé interrompre la directrice, qui continuait d'énumérer les noms des élèves des petites classes. À la fin de l'appel, il ne restait plus qu'une poignée d'individus dans la cour, y compris ma nouvelle meilleure amie, qui avait de toute évidence décidé de ne plus jamais se séparer de moi. Sans daigner nous jeter le moindre regard, la directrice s'est adressée à une dame que j'ai trouvée plutôt jolie :

– Mademoiselle Mouette, je vous laisse le soin de réunir vos élèves et de commencer la classe au plus vite.

C'était donc « Mouette » et pas « Chouette ». Cela ne m'a pas surpris que Thierry ait mal compris. En fait, il prétend le contraire, mais il est devenu un peu sourd à cause de tous les concerts de rock auxquels il a assisté et assiste encore. Ce qui m'a paru bizarre, c'est que la classe de mademoiselle Mouette compte si peu d'élèves. Nous n'étions même pas une dizaine à nous diriger vers un bâtiment au fond de la cour.

Les murs étaient peints d'une jolie couleur bleue et les tables disposées en demi-cercle autour du bureau de la maîtresse. J'ai tout de suite aimé la manière dont le plancher grinçait sous chacun de mes pas.

– Que chacun s'installe où il le désire, a dit mademoiselle Mouette d'une voix douce.

Je me suis laissé guider par la petite fille, qui a choisi une place pour moi et s'est assise à ma gauche. À ma droite, un garçon a posé ses affaires, puis il a tendu la main vers moi en disant :

– Babouche.

J'ai poussé un soupir de soulagement. Au moins, je n'avais pas été placé par erreur dans une classe de muets ! Une fois que tout le monde a été installé, il restait une place vacante. La maîtresse a dit très calmement :

– Babouche et… toi, tu dois être Ferdinand, n'est-ce pas ? Voudriez-vous me rendre un service, les garçons ? Allez chercher Ibis, d'accord ?

Bien sûr que c'était d'accord ! Pourquoi aurais-je contredit une maîtresse aussi gentille ? Je ne comprenais pas ce que j'étais censé faire au juste, mais j'ai suivi le dénommé Babouche. Dans la cour, il s'est mis à faire le tour de chaque arbre.

– Ibis se cache tout le temps, m'a-t-il expliqué. On était déjà dans la même classe l'année dernière. Un jour, elle s'est glissée derrière un radiateur et elle n'arrivait plus à ressortir. On a dû faire venir un plombier pour la délivrer. Tiens, je te parie qu'on va la retrouver dans les toilettes ! On fait la course ?

Babouche et moi étions en train de piquer un sprint lorsque la directrice a surgi. Nous avons stoppé net, avec le vague sentiment d'avoir fait quelque chose d'interdit. Elle nous a toisés, avant de prononcer ces mots sur un ton pincé :

– Les élèves de mademoiselle Mouette, bien sûr. C'est joyeux…

Et elle a soupiré, comme si le mot « joyeux » avait un sens que j'ignorais. En tout cas, un sens très différent de celui que je lui connaissais. Puis elle a tourné les talons. Babouche et moi sommes repartis vers les toilettes, où Ibis, comme l'avait deviné Babouche, était là à nous attendre bien sagement. Elle tremblait un peu, mais n'a pas fait d'histoires pour nous suivre. Une fois arrivée dans la salle de classe, elle s'est réfugiée sous sa table et a sorti ses affaires de son sac à dos. Personne n'a semblé étonné de la voir s'installer par terre, pas même mademoiselle Mouette.

Tout le monde avait déjà commencé à travailler et chacun s'était vu attribuer une tâche différente. À ma gauche, la petite fille muette recopiait soigneusement de grosses lettres majuscules dans son cahier. À Babouche et à moi, la maîtresse a donné un texte à étudier et a dit qu'on en discuterait plus tard. J'étais en train d'essayer de m'intéresser à l'histoire d'une gamine aux cheveux blonds qui débarquait par erreur dans la maison d'une famille d'ours lorsque j'ai sursauté.

– ANORAK ! TROMPETTE ! TRANCHE DE CAKE !

J'ai regardé avec stupeur mon voisin, Babouche, qui venait de hurler ces mots sans queue ni tête.

Cependant, ni lui ni personne n'a levé les yeux de son cahier ou de son livre. Je me suis demandé s'il s'agissait d'un jeu dont on ne m'avait pas encore expliqué les règles.

À midi, nous sommes allés déjeuner. À l'inverse des autres cantines que j'avais eu l'occasion de fréquenter, ici, il ne fallait pas s'asseoir à une table et attendre que quelqu'un nous apporte à manger. En compagnie de la petite fille muette (j'avais appris entre-temps qu'elle s'appelait Gaufrette) et de Babouche, qui me parlait avec animation (sans toutefois hurler bizarrement comme il l'avait fait le matin), j'ai fait la queue en poussant mon plateau le long d'un buffet où l'on pouvait choisir entre plusieurs entrées, plats de résistance et desserts. J'ai pris des carottes râpées, une cuisse de poulet avec des frites et une mousse au chocolat. Puis Babouche m'a fait signe de le suivre vers une table où des élèves qui n'étaient pas dans notre classe avaient déjà commencé leur repas.

– Hé ! Babouche, a lancé l'un d'eux, tu nous présentes ton nouveau copain ?

C'était exactement comme avait dit mon grand-père : très chouette. Oui, dans cette école, j'allais passer une année démentielle ! Mais, tout à coup, un bruit de vaisselle cassée s'est fait entendre. Et, horreur, tout le monde dans le réfectoire était en train de me regarder. Quelques rires ont même fusé. J'étais paralysé, incapable de faire un mouvement.

– Ce n'est pas grave, m'a dit un homme coiffé d'un genre de bonnet en papier blanc. Ça peut arriver à tout le monde de renverser son plateau.

Et il s'est dépêché de tout ramasser. Moi, j'étais trop bouleversé pour tenter de réparer ma bêtise.

– Tu retournes te préparer un autre plateau et on n'en parle plus, a repris le cuistot.

J'ai obéi et me suis composé un repas exactement identique au précédent. Mais au moment de soulever mon plateau, j'ai paniqué. Et si je faisais encore tout tomber ? Pour un élève ordinaire, ce n'est rien de porter un plateau de cantine, mais pour un garçon qui manque de concentration, cela relève de l'exploit. Et si, le temps de parcourir les quelques mètres qui me séparaient de la table où m'attendait Babouche, je me mettais à penser à autre chose ? Et si, alors, mes doigts lâchaient prise ? J'ai respiré un grand coup et regardé autour de moi. Plus personne ne me prêtait attention, à présent. Allais-je tenter le coup ? D'un côté, si je ne voulais pas rester debout comme un idiot pendant des heures, il fallait bien que je porte ce satané plateau. Mais de l'autre, si je le laissais tomber une seconde fois, j'étais fichu... C'est alors que j'ai vu Gaufrette. Avant que j'aie pu l'en empêcher, elle a saisi mon plateau et, trottinant sur ses petites jambes, l'a déposé à la place que Babouche m'avait réservée. Même si c'était très gentil de sa part, j'étais gêné de devoir me faire aider par une gamine de sept, voire peut-être six ans... Heureusement, personne n'a ri. Seul Babouche s'était aperçu de notre petit manège, à Gaufrette et à moi, mais il n'a rien dit. Il m'a même fait un clin d'œil signifiant que cela resterait entre nous.

L'après-midi, en classe, je n'ai pas été bon à grand-chose. J'étais trop préoccupé par ce qui m'était arrivé à la cantine pour parvenir à résoudre le problème de maths sur lequel j'étais censé plancher. À un moment, mademoiselle Mouette est venue vers moi et a regardé la page blanche de mon cahier d'exercices. Je m'apprêtais à l'entendre me reprocher mon manque de concentration, mais pas du tout :

– On reprendra les maths plus tard, Ferdinand. En attendant, tu peux faire un dessin.

Armé d'un crayon de papier, j'ai commencé à imaginer plusieurs systèmes. Une sorte de ceinture qui, passée derrière mon cou, me permettrait de porter mon plateau de cantine sans les mains. Une structure à roulettes surélevée grâce à laquelle je pourrais le pousser plutôt que d'avoir à le soulever. Aucune de ces solutions ne me satisfaisait complètement, mais j'étais tout de même assez absorbé par mes recherches pour ne pas sursauter quand Babouche a hurlé :

– CAGOULE ! PIZZA AUX ANCHOIS ! TOP DE TOP !

Comme la première fois, personne n'a réagi.

J'ai continué à dessiner, mais à l'heure de la sortie des classes, j'étais toujours aussi perplexe quant à la manière dont je m'en sortirais le lendemain, à l'heure de la cantine.

Après l'école, je suis allé rejoindre Thierry dans le café de notre quartier où il effectuait sa première journée de travail en tant que barman.

– Alors, comment ça s'est passé ? m'a-t-il demandé.

Je lui ai tout raconté et Thierry a eu une idée lumineuse. Je n'avais qu'à m'entraîner ici même, au café. Il m'a tendu un plateau en plastique, a posé dessus une éponge et un torchon en me disant que cela n'avait aucune importance si je les faisais tomber. En revanche, si je parvenais plusieurs fois de suite à transporter tout ça jusqu'à la table du fond, ce serait gagné.

La première fois, j'y suis arrivé. Thierry, derrière le comptoir, a levé le pouce en signe d'encouragement. Mais dès le deuxième essai, mon fameux manque de concentration a encore fait des siennes.

En ramassant par terre l'éponge et le torchon, j'étais au bord des larmes. Qu'est-ce que j'allais devenir ? Faudrait-il me trouver une autre école dont la cantine ne serait pas un self-service ? Dans ce cas, je ne reverrais jamais Gaufrette ni Babouche…

C'est alors qu'une dame assise devant une tasse de chocolat chaud et que je n'avais pas encore remarquée m'a fait signe d'approcher.

– Je crois que je peux t'aider, a-t-elle dit à voix basse.

Elle a sorti de son sac à main un petit porte-clés en forme de fusée. Une babiole, un truc en plastique tout usé qu'elle avait dû trouver par terre.

– Tant que tu le garderas dans ta poche, il t'aidera à venir à bout de la gravité, a-t-elle repris sur un ton mystérieux. Mais surtout, n'en parle à personne.

Dans les cafés, on rencontre tout un tas de personnes bizarres. J'ai haussé les épaules, mais quand même accepté le cadeau. Puis j'ai repris mon entraînement. Et là, il s'est produit une chose incroyable : le plateau tenait tout seul au-dessus de mes mains! Pas très haut, je précise. Quelques millimètres. Juste assez pour que je n'en sente pas le contact au bout de mes doigts, mais pas suffisamment pour que le phénomène soit visible par les clients du café. Et quand j'ai commencé à marcher, le plateau est resté bien gentiment à sa place, au-dessus de mes mains. Prudemment, j'ai écarté la main gauche, puis la main droite. Le plateau est resté horizontal. Je ne comprenais pas comment, mais ça marchait! À ce moment, mon grand-père m'a regardé et, sans se rendre compte du phénomène, a cru que j'avais enfin maîtrisé l'art du porter de plateau par mes propres moyens. Il a fait le V de la victoire avec son index et son majeur avant de reprendre sa conversation avec un client.

Je me suis souvenu des paroles de la dame. « Venir à bout de la gravité », avait-elle dit. Elle parlait de l'attraction terrestre, bien sûr, celle qui attire les objets vers le sol, sauf quand on est, par exemple, dans une… fusée. Alors que j'allais lui demander des explications sur ce superpouvoir qu'elle m'avait transmis, j'ai constaté que la dame avait quitté le café. Sans que je m'en aperçoive, sa tasse de chocolat avait été débarrassée. Il n'y avait plus aucune trace de son passage.

Le lendemain, mademoiselle Mouette m'a félicité pour mes connaissances en géographie. Babouche, lui, a récité un poème entier sans s'interrompre pour hurler n'importe quoi. À la récréation, Gaufrette s'est de nouveau accrochée à ma main et je me suis rendu compte que ce n'était pas gênant du tout parce que, malgré ses petites jambes, elle est capable de courir aussi vite que moi. En bref, c'était une chouette matinée.

Quand est arrivée l'heure du déjeuner, Babouche m'a proposé d'attendre le deuxième service, pour jouer plus longtemps au ballon. J'ai accepté, mais pas dans l'idée de retarder le moment où je devrais porter mon plateau. Avec la petite fusée dans ma poche, cela ne me faisait plus du tout peur.

Nous étions encore en train de marquer des buts entre deux arbres lorsque la sonnerie indiquant le début des cours de l'après-midi a retenti. Babouche et moi nous sommes regardés, stupéfaits : tout à notre partie de foot, nous avions raté sans le faire exprès le deuxième service de la cantine.

Chapitre 2

Le matin, à présent, Thierry peut dormir aussi longtemps qu'il le souhaite, car je pars tout seul à l'école. Sur le chemin, je retrouve Babouche et nous marchons ensemble. Je me suis habitué aux cris bizarres qui lui échappent de temps à autre et cela me fait même sourire lorsque les passants se retournent sur le trottoir en se demandant qui a bien pu hurler :

– PULL-OVER ! MOUSTIQUE ! TAC AU TAC !

Bien sûr, Babouche et moi prenons l'air innocent et regardons autour de nous avec des yeux ahuris comme si nous ignorions d'où proviennent ces hurlements. Au bout de quelques jours, j'ai fini par demander à mon copain pour quelle raison il s'égosillait de la sorte. Il m'a répondu que lui-même n'en avait aucune idée. Du plus loin qu'il s'en souvienne, des mots étranges et sans aucun rapport avec la situation lui sont toujours venus tout seuls aux lèvres, à n'importe quel moment du jour et de la nuit. Il ne peut absolument rien faire pour les empêcher de sortir. Chez lui, dans sa famille, tout le monde s'y est résigné. Mais, à l'extérieur, cela lui pose parfois des problèmes. Au cinéma, par exemple, les autres spectateurs ne sont pas particulièrement contents d'être dérangés par des hurlements au beau milieu d'un film passionnant. Pour les parties de cache-cache, ce n'est pas non plus l'idéal… Quant à la directrice de notre école, lorsqu'il lui arrive d'être témoin du drôle de comportement de mon copain, elle lâche de sa voix pincée :

– C'est joyeux…

Cependant, de tous les élèves de mademoiselle Mouette, Babouche n'est pas le plus spécial, loin de là !

Par exemple, je n'ai toujours entendu aucun mot sortir de la bouche de Gaufrette. Pourtant, on a l'impression qu'il suffirait d'un rien pour qu'elle se mette à parler. J'en suis certain à présent, elle comprend tout ce qu'on lui dit. D'ailleurs, depuis qu'elle commence à savoir écrire, mademoiselle Mouette lui a donné un petit carnet où elle peut communiquer ses impressions.

Gaufrette me trouve toujours aussi irrésistible. Je ne voudrais pas avoir l'air de me vanter, mais il y a de la passion dans la manière dont, chaque matin, elle se poste au coin de la rue de notre école et, du plus loin qu'elle m'aperçoit, se précipite pour attraper ma main et trottiner fièrement à mes côtés. J'ai l'impression, moi qui suis enfant unique, d'avoir été choisi par Gaufrette pour lui tenir lieu de grand frère. Et je prends cette responsabilité très au sérieux.

Lorsque Babouche, Gaufrette et moi arrivons en vue de la grille de l'école, nous tombons généralement sur Chacal, un autre élève de mademoiselle Mouette. Le visage rougi, de grosses larmes roulant sur ses joues, il se blottit dans les bras de sa mère comme s'il ne devait plus jamais la revoir de sa vie.

– Regarde, lui dit alors celle-ci en désignant notre trio, tes petits camarades sont très contents, eux, d'aller en classe…

Je m'empresse de confirmer :

– C'est vrai. Notre maîtresse est très chouette et nous passons une année absolument démentielle !

Gaufrette hoche la tête avec enthousiasme et Babouche prononce quelques paroles d'encouragement à l'intention de Chacal :

– CACAHUÈTE ! SKI NAUTIQUE ! TARENTULE !

Les pleurs de Chacal reprennent de plus belle, tandis que sa mère nous jette un regard soupçonneux. En classe, Chacal continue de renifler jusqu'à la première récréation. Un peu avant midi, il entame une nouvelle crise de larmes parce qu'il ne veut pas aller manger à la cantine. L'après-midi, il pleure encore une fois ou deux pour différentes raisons qui échappent à ma compréhension, et le soir, lorsque son père vient le chercher, il sombre dans un abîme de désespoir. Pourquoi ? Je me le suis demandé pendant quelques jours avant de l'interroger.

– Ben, tu comprends pas ? C'est parce que je veux rester encore à l'école, a lâché Chacal entre deux sanglots.

Pourtant, lorsqu'il n'est pas en train de pleurer, Chacal est plutôt sympa et même doté d'un certain sens de l'humour. Comme ce jour où la directrice l'a grondé très fort parce qu'il tardait à venir se mettre en rang alors que la sonnerie avait retenti depuis sept secondes (la directrice, il faut le savoir, est très à cheval sur la ponctualité). Cette fois-ci, plutôt que de se mettre à pleurer, Chacal lui a rétorqué :

– Si vous continuez à me hurler dessus, je vais finir par devenir sourd et votre sonnerie, je ne l'entendrai plus du tout !

La directrice a préféré ne pas relever. Il faut avouer que, avec les élèves de mademoiselle Mouette, ses nerfs fragiles semblent être mis à rude épreuve. Je n'ai toujours pas compris pourquoi, mais dès qu'elle aperçoit l'un d'entre nous, elle lève les yeux au ciel et soupire bruyamment en disant : « C'est joyeux… »

Pourquoi, alors que notre existence l'insupporte, la directrice est-elle donc venue ce fameux après-midi nous rendre une visite surprise ? Si nous avions été au courant, nous aurions aidé la maîtresse à préparer sa venue. Et les choses se seraient mieux passées. Hélas, à peine avait-elle franchi la porte de notre classe que la directrice s'est écriée :

– Mais que fait cette fillette vautrée sur le sol avec ses livres et ses cahiers ?

La directrice, bien sûr, parlait d'Ibis, la fille que Babouche et moi avions retrouvée dans les toilettes le jour de la rentrée. Comme elle est très peureuse et passe son temps à se cacher, la maîtresse l'a autorisée à s'installer au-dessous de sa table d'école plutôt que devant. De cette manière, Ibis se sent à l'abri et peut travailler sans que cela dérange qui que ce soit. Mais la directrice, au lieu de demander poliment des explications comme une personne en visite est censée le faire si quelque chose l'étonne, a voulu régler les choses à sa manière. Et sa manière, c'est l'autorité :

– Allons, petite ! Relève-toi immédiatement et fais-moi le plaisir de t'asseoir sur une chaise comme tes camarades. C'est une école, ici, pas un chenil !

En entendant ces mots, Ibis s'est roulée en boule sous la table comme un tatou terrifié. Mademoiselle Mouette a tenté de s'interposer en expliquant à la directrice qu'Ibis était, disons, un petit peu timide. Mais la directrice n'a rien voulu savoir. Bien décidée à voir respectés ses ordres, elle a repoussé mademoiselle Mouette et s'est avancée vers Ibis d'un pas guerrier. C'est alors qu'Aria a bondi.

Je n'ai pas encore parlé d'Aria. C'est que, de tous les élèves de la classe, c'est avec elle qu'il est le plus difficile de devenir ami et je n'y suis pas encore parvenu. La première fois que je suis allé vers elle en lui tendant la main pour me présenter, elle s'est écartée en me lançant un regard lourd de menaces. J'ai compris qu'elle n'aimait pas qu'on la touche et je n'ai pas insisté. Mais je ne savais pas encore de quoi elle était capable.

Aria, étais-je en train d'expliquer, a bondi. Plus précisément, elle s'est jetée sur le bras de la directrice, l'a attrapé entre ses dents et a mordu le plus fort possible. Pendant ce temps, Ibis en a profité pour s'échapper dans la cour. Babouche, saisi d'une de ses crises involontaires, s'est mis à hurler :

– POUSSETTE ! CARAVANE ! PAIRE DE SKIS !

Au prix de nombreux efforts, mademoiselle Mouette a réussi à décrocher Aria du bras de la directrice. Mais celle-ci, paniquée, a hurlé à son tour :

– MAIS ? MAIS ? MAIS ?... QUELLE HORREUR ! JE SAIGNE ! Et regardez-moi ces traces de dents ! Qu'est-ce qui se passe ici, mademoiselle Mouette ? Vos élèves sont-ils des enfants humains ou bien des animaux sauvages ? Ce n'est pas possible, je vais être obligée de prendre des mesures !

Il va sans dire que Chacal avait commencé à sangloter depuis un bon moment et que Gaufrette, animée par sa gentillesse, s'était levée pour le consoler en lui tapotant doucement le dessus de la tête. Strapontin, qui est un élève plutôt dissipé, s'était mis à sauter à cloche-pied autour de la directrice en faisant des gestes idiots avec les bras. Il n'y avait que Jean-Vasistas (je parlerai bientôt de lui) et moi qui étions restés assis à nos places sans nous livrer à aucune manifestation bruyante ou remuante. À dire vrai, je n'avais jamais vu un tel bazar dans une salle de classe. Pourtant, je l'ai déjà dit, je suis passé par pas mal d'écoles !

– Ferdinand, m'a dit la maîtresse sur un ton qui ne laissait aucune place à la discussion, c'est toi le plus grand. Tu vas surveiller tes camarades pendant que j'emmène madame la directrice à l'infirmerie. Je compte sur toi pour que tout le monde soit en train de travailler lorsque je reviendrai.

– C'est dans votre intérêt, mademoiselle Mouette, a grommelé la directrice en serrant autour de son bras blessé un chiffon à peinture qu'elle avait attrapé au passage.

Les deux femmes ont refermé la porte derrière elles. Je n'en revenais pas. Moi, Ferdinand, j'étais chargé de veiller sur la classe ! De toute l'histoire de ma scolarité, c'était la première fois que je me voyais confier une telle mission. J'en étais à la fois très fier et complètement intimidé. J'ai regardé autour de moi. Aria était juchée au sommet d'une armoire et menaçait de donner des coups de pied à quiconque tenterait de l'en déloger. Chacal, au désespoir, était allongé à plat ventre et martelait le sol de ses poings en gémissant bruyamment. Ibis n'avait toujours pas réapparu. Ce dernier problème m'apparaissant le plus urgent à résoudre, j'ai demandé à Babouche d'aller la chercher. Mais mon copain n'était pas en état de m'aider :

– Excuse-moi, Ferdinand, mais... TURLUTUTU !... j'ai un petit problème, je... CASQUE À POINTE !... n'arrive plus à m'arrêter... SCARABÉE !... Il faut que je... MOISSONNEUSE-BATTEUSE !... il faut que je me calme... CARAMEL MOU !

Que faire ? D'une part, je ne pouvais pas laisser Ibis errer dans la nature, mais d'autre part, je craignais que les autres ne fassent de nouvelles bêtises si je quittais la classe. J'ai repensé à mademoiselle Mouette et je me suis dit qu'elle serait très déçue si je n'arrivais pas à régler la situation. Alors, j'ai fait un effort de concentration et j'ai prononcé ces mots d'une voix posée :

– Tout le monde se calme, à présent. Chacun retourne à sa place et commence un dessin pour la maîtresse.

J'ai chargé Gaufrette de distribuer des feuilles de papier et les élèves, progressivement, se sont mis à travailler. Lorsqu'il m'a semblé que je pouvais prendre le risque de m'absenter, je suis parti à la recherche d'Ibis. J'ai commencé par faire le tour de chacun des arbres de la cour de récréation, puis je suis allé voir dans les toilettes. N'y découvrant nulle trace d'Ibis, je me suis aventuré vers les salles de classe, où, derrière les portes fermées, tout semblait se dérouler normalement. J'avais parcouru les couloirs de presque tout le bâtiment lorsque j'ai entendu des éclats de voix provenant du bureau de la directrice. Je me suis approché sans faire de bruit et ce que j'ai entendu, même si je n'ai pas tout compris, m'a glacé d'effroi.

– Mademoiselle Mouette, martelait la directrice, ce qui se passe dans votre classe est INADMISSI-BLE ! Jusqu'à maintenant, j'ai accordé ma confiance à vos méthodes d'éducation, mais je suis obligée de constater qu'au lieu d'intégrer vos élèves dans le système scolaire vous ne faites que les encourager dans leurs comportements perturbateurs. Je tiens à ce que vous sachiez que j'envisage très sérieusement de faire fermer votre classe !

Lorsque mademoiselle Mouette a protesté, il y avait de l'angoisse dans sa voix.

– Mais ce n'est pas possible ! Où iront mes élèves si vous fermez ma classe ?

La réponse de la directrice ne s'est pas fait attendre.

– Ça, ce n'est pas DU TOUT un problème. On trouvera des établissements spécialisés où ils seront beaucoup mieux à leur place !

J'ai dû plaquer les deux mains devant ma bouche pour ne pas pousser un cri d'épouvante.

Ce n'étaient pas tant les mots « établissements spécialisés » qui m'effrayaient que la perspective d'être séparé de mes nouveaux copains. Parce que, forcément, je nous voyais déjà tous répartis dans des écoles différentes. Babouche dans une école où tous les enfants pousseraient des cris bizarres, Gaufrette dans une autre où personne ne prononcerait le moindre mot, Chacal dans un établissement où tout le monde pleurerait du matin au soir, et moi en compagnie d'autres élèves tout aussi incapables que moi de se concentrer.

J'étais prêt à bondir dans le bureau de la directrice pour clamer ma désapprobation lorsque, à moitié dissimulée derrière la grosse plante en pot qui décorait le palier, j'ai aperçu Ibis, plus tremblotante que jamais.

– Tu as entendu ce qu'a dit la directrice ? lui ai-je chuchoté.

Ibis m'a fait signe que oui, et j'ai lu dans ses yeux écarquillés la vision d'horreur qu'elle se représentait : une école apparemment déserte, mais où, en fait, chaque arbre, chaque rideau et chaque radiateur dissimulerait un élève terrorisé. Ce serait d'une tristesse infinie. Je me suis dit qu'il fallait à tout prix éviter cela à Ibis. Et que la meilleure stratégie n'était peut-être pas, après tout, de débarquer en vociférant dans le bureau de la directrice. Car, ne l'oublions pas, ce qu'elle nous reprochait avant tout, c'était d'être désobéissants et de menacer la tranquillité de l'école. Ce que je devais faire, c'était ramener Ibis dans la classe et préparer le retour de mademoiselle Mouette et de la directrice. Il faudrait qu'elles nous découvrent tous plongés dans une activité constructive.

C'est ce que, quelques minutes plus tard, j'ai expliqué à mes camarades. Alors Jean-Vasistas a pris la parole. C'est un garçon très intelligent, probablement le plus intelligent de tous les élèves de mademoiselle Mouette. La preuve, c'est qu'il est capable d'effectuer de tête des opérations mathématiques très compliquées. À peine avez-vous eu le temps de lui donner, par exemple, deux nombres à trois chiffres (oui, j'ai bien dit trois chiffres !) qu'il a déjà fourni le résultat de la multiplication du premier par le deuxième. Pareil pour les divisions, et avec tout un tas de chiffres derrière la virgule. Je suis sûr qu'on lui aurait proposé un emploi dans une banque ou un ministère sans même attendre qu'il passe son bac, si Jean-Vasistas n'avait pas un tout petit problème : il ne sait ni lire ni écrire.

– Je propose, a dit Jean-Vasistas, que nous accrochions nos dessins aux murs de la classe. Ce sera comme une exposition dans un musée.

C'était une bonne idée, que tout le monde s'est empressé de mettre à exécution sans trop de chahut. Comme j'avais très envie de participer à l'exposition, je me suis dépêché de faire moi aussi un dessin. À peine avions-nous tous regagné nos places, Ibis ayant fait l'effort de s'asseoir sur une chaise, que mademoiselle Mouette et la directrice ont fait leur entrée. Notre maîtresse affichait un air très soucieux. Néanmoins, son visage s'est éclairé lorsqu'elle a vu tous les dessins sur les murs.

– Regardez, madame la directrice, s'est-elle exclamée, comme les enfants ont bien travaillé pendant notre absence !

La directrice a été forcée de reconnaître que notre exposition était une réussite.

– Regardez ça, a continué la maîtresse. Comme c'est mignon !

Mademoiselle Mouette a montré à la directrice le dessin de Gaufrette, qui s'était représentée elle-même en train de donner la main à une espèce de superman hypermusclé qui, de toute évidence, correspondait à la vision qu'elle avait de moi... Aria, elle, avait fait un très joli portrait de mademoiselle Mouette en lui ajoutant des ailes d'ange dans le dos. Chacun des élèves avait fait de son mieux pour donner de la classe l'image la plus chouette possible. La directrice a commencé à se détendre, du moins jusqu'à ce qu'elle arrive devant le dernier dessin du mur. Là, son sang n'a fait qu'un tour :

– Je n'en supporterai pas davantage, a-t-elle crié.

En trois enjambées, la directrice est sortie et tout le monde, moi y compris, s'est précipité pour regarder de près le dessin qui l'avait mise dans une telle fureur. Imaginez une espèce de monstre vert et violet aux grands pieds portant une robe noire et des chaussures à talons hauts, au visage furibond barré d'un trait de rouge à lèvres et surmonté d'un haut chignon. Et comme si la ressemblance avec la directrice n'était pas encore assez frappante, l'auteur de la caricature avait ajouté dans une bulle de bande dessinée : « C'est joyeux… » En d'autres circonstances, on aurait bien rigolé. Mais là, pas le moindre gloussement ne s'est fait entendre.

– Qui a dessiné ceci ? a demandé la maîtresse.

Il n'y avait dans sa voix aucune colère, juste un profond découragement. Tous les élèves se sont regardés. Qui avait bien pu commettre un acte aussi scandaleux ? Chacun attendait que le coupable se dénonce. Strapontin, celui d'entre nous qui est le plus enclin à faire des bêtises, a ouvert de grands yeux et posé la main sur son cœur. Non, cette fois-ci, ce n'était pas lui.

N'y tenant plus, j'ai hurlé : « C'est moi ! » et me suis enfui par la porte que la directrice n'avait pas pris la peine de refermer. Au même moment, la sonnerie annonçant la fin des cours retentissait. Je me suis précipité hors de l'école sans attendre Babouche ni Gaufrette, bousculant au passage le père de Chacal, qui tenait à la main une boîte de mouchoirs en papier grand modèle. C'était sans aucun doute la plus mauvaise journée que j'aie vécue depuis longtemps. Cependant, j'étais loin de m'attendre à ce que les choses deviennent pires encore.

Arrivé devant chez moi, j'ai sonné à la porte. Personne ne m'a ouvert. Pourtant, on était lundi, c'est-à-dire le jour où mon grand-père n'est pas de service au bar. Je me suis alors souvenu de ce qu'il m'avait dit le matin, avant que je parte pour l'école :

– Ce soir, mon petit pote, tu te débrouilleras tout seul. Moi, je vais au concert des Gibbons Braillards, c'est le meilleur groupe punk de la région. Je rentrerai sans doute dans la nuit. Tu arriveras à t'en sortir ?

J'avais hoché la tête crânement. Ça faisait déjà un bon bout de temps que je savais me préparer à dîner et me mettre au lit sans avoir besoin de personne pour me rappeler de me laver les dents. Thierry avait ajouté :

– Surtout, n'oublie pas d'emporter à l'école la clé de la porte d'entrée, sinon tu seras obligé de dormir sur le paillasson !

J'avais rigolé. Je n'étais tout de même pas distrait à ce point ! Sauf que, ce soir-là, devant la porte de notre appartement, en fouillant dans mes poches, je n'ai trouvé que la petite fusée qui me permettait de porter les plateaux de la cantine. À ce moment précis, elle ne m'était d'aucune utilité : ce n'était pas grâce à elle que j'allais réussir à ouvrir la porte. J'aurais pu me donner des gifles pour me punir de ma distraction, mais ça n'aurait rien arrangé à ma situation, alors je ne l'ai pas fait. Je me suis assis par terre (car en fait, nous n'avons pas encore de paillasson) et me suis pris la tête entre les mains. Bon sang, qu'est-ce que j'avais dans le crâne ?

J'ai passé en revue les événements de la journée et, en comparaison avec la catastrophe qui s'était produite à l'école, le fait que je sois coincé dehors m'apparaissait comme un petit détail de rien du tout. Qu'est-ce qui m'avait pris de faire ce dessin idiot ? Je n'en avais aucune idée. J'avais attrapé des crayons de couleur et la feuille s'était remplie toute seule, sans que je réfléchisse une seconde à ce que j'étais en train de faire. Des monstres, je passe mon temps à en dessiner. J'en ai des cahiers entiers. En y repensant, celui de cet après-midi était l'un des plus effrayants que j'aie jamais produits !

J'ai secoué la tête et pris une grande décision. Voilà ce que j'allais faire : le lendemain matin, plutôt que de rentrer en cours avec les autres, je demanderais à être reçu dans le bureau de la directrice. Je lui avouerais que j'étais l'auteur de la caricature et lui demanderais de me renvoyer de l'école. En échange de quoi, je la supplierais de ne pas fermer la classe de mademoiselle Mouette. Devant un tel sacrifice de ma part, même une personne dure et froide comme la directrice ne pourrait pas s'empêcher d'être un petit peu émue… Du moins je l'espérais !

Pendant que je réfléchissais, le temps passait. J'étais toujours assis devant la porte de notre appartement et je mourais de faim. J'avais déjà raté l'heure du goûter et, si je n'avais pas très vite une idée, je devrais également me passer de dîner. De plus, si Thierry rentrait au milieu de la nuit et me découvrait là, cela lui gâcherait le souvenir de sa bonne soirée au concert des Gibbons Braillards. Non, il fallait que je trouve une solution. Par exemple, je pouvais aller dormir chez un ami et laisser un mot sur la porte pour que mon grand-père ne s'inquiète pas.

Mais qui, dans cette ville où nous n'habitions que depuis peu, pouvais-je considérer comme un ami ? Notre voisin de palier, ce monsieur sérieux qui était venu signaler à mon grand-père qu'il n'appréciait pas le style de musique que nous écoutons ? Certainement pas. Qui d'autre, alors ? Je ne savais pas exactement où habitaient Babouche, Gaufrette, ni aucun de mes copains d'école. En revanche, je connaissais de vue quelques personnes du square d'à côté.

Lorsque je suis redescendu dans la rue, j'ai remarqué que le ciel s'était assombri. Non seulement la nuit était en train de tomber, mais en plus il allait pleuvoir. Pas bon pour moi, tout ça. Si je voulais me faire un nouvel ami qui m'invite à dîner et à dormir chez lui, j'avais intérêt à me dépêcher.

Dans le square, il n'y avait aucun des garçons et des filles que j'avais l'habitude de croiser. Juste un groupe de grands types à l'air pas commode qui se disputaient, à moins que leur manière de parler très fort en employant des mots grossiers ne soit leur mode de communication habituel. Par prudence, j'ai fait un détour pour les éviter.

Un vieux chien tout efflanqué a fait mine de bondir sur moi. Au dernier moment, quelqu'un l'a rappelé :

– Charles !

J'ai trouvé que c'était un drôle de nom, pour un chien. Quant à son maître, il ne m'a pas spécialement donné envie de m'approcher de lui. C'était un gros bonhomme mal rasé, plus tout jeune, vêtu d'une combinaison de travail rouge et d'une casquette de la même couleur, un peu comme s'il avait essayé de se déguiser en Père Noël mais que c'était complètement raté. D'autant que le Père Noël ne se déplace pas avec un pack de bières dans chaque main.

– Qu'est-ce que tu fais là, toi ? m'a-t-il demandé.

– Rien, rien, ai-je répondu.

Je n'allais pas raconter ma vie au premier venu. Mais le bonhomme, qui avançait dans ma direction, a insisté :

– Est-ce que tu ne devrais pas être chez toi, à cette heure-ci ? Tes parents savent où tu es ?

Mes parents… Le bonhomme, devant mon silence, a dû comprendre qu'il avait abordé un sujet sensible. Un sujet sur lequel je ne voulais pas m'étendre et auquel, pour le moment, je préférais même ne pas penser. Du coup, sa voix s'est radoucie.

– Écoute, ça m'étonnerait que je puisse t'aider, mais si tu veux, tu peux quand même me raconter ton histoire.

En parlant, il s'est assis sur un banc du square, a décapsulé une de ses canettes et m'a fait signe de m'asseoir près de lui. J'ai préféré rester debout. Je n'avais pas du tout peur de lui ni de son chien, mais l'un des deux (et je ne tenais pas à savoir lequel) ne sentait pas très bon. Ce n'était pas tout à fait le genre d'ami que j'avais espéré me faire en entrant dans le square et, même s'il me le proposait, je n'irais certainement pas dîner ni dormir chez lui. Pourquoi, alors, ai-je fait part à ce bonhomme des problèmes qui m'agitaient ? Eh bien, sans doute parce qu'il suffisait de le regarder pour comprendre que les problèmes, ça le connaissait.

– Pas terrible, comme journée, a conclu le bonhomme lorsque j'ai eu terminé mon récit.

Il a pris un air pensif et je me suis attendu à ce qu'il me donne un conseil, comme le font généralement les adultes. Mais rien n'est venu. Comme il commençait à pleuvoir, j'ai dit :

– Je crois que je vais retourner devant la porte de chez nous et attendre mon grand-père.

– D'accord, a dit le bonhomme. De toute manière, j'allais bouger aussi.

Il s'est levé de son banc, a ramassé ses packs de bières et a appelé :

– Charles ! On s'en va !

J'ai déjà dit que Charles était un vieux chien. Mais je n'avais pas encore remarqué qu'il était encore plus sourd que Thierry (qui, au passage, n'est pas vieux du tout pour un grand-père). En tout cas, Charles continuait de gratter le sol comme s'il n'avait pas entendu qu'on l'appelait. Alors le bonhomme a dit :

– Hop !

Et là, Charles a fait un bond stupéfiant pour se retrouver juste devant nous. J'ai crié :

– Co… comment il fait ça ?

– Oh, a répondu le bonhomme, ce n'est pas grand-chose. Tu veux qu'il le refasse ? Allez, Charles, hop !

C'était incroyable à voir, mais il faut que j'explique précisément le miracle dont je venais d'être témoin par deux fois. Quand le bonhomme disait « hop ! » Charles se déplaçait d'environ un mètre. Ce n'était pas exactement un saut car, en même temps, il ne bougeait pas du tout les pattes. C'était plutôt comme s'il était… téléporté ! D'un instant à l'autre, le chien se retrouvait à un endroit différent. Pas très éloigné, mais différent quand même. Je n'en revenais pas.

– Vous pouvez le déplacer comme ça autant que vous voulez ? ai-je demandé.

– Non, pas autant que je le voudrais, a soupiré le bonhomme. Je ne peux lui faire exécuter que des petits sauts. Cela prend un temps fou de parcourir toute la longueur du square. Ce qui est pratique, en revanche, c'est que je peux aussi lui faire traverser les murs.

Le bonhomme évoquait les exploits de Charles comme s'ils étaient parfaitement banals et naturels pour un chien. Mais mon cerveau travaillait à toute allure :

– Traverser les murs, vraiment ? me suis-je exclamé. Mais c'est exactement ce qu'il me faudrait pour rentrer chez moi ! Est-ce que vous pourriez m'indiquer le truc ?

– Le truc ? a répété le bonhomme, perplexe. Eh bien... Je ne sais pas. En vérité, je ne me suis jamais demandé comment ça marchait. Je dis juste « hop » et...

Charles venait de faire un nouveau bond. Je l'ai observé attentivement et j'ai remarqué qu'il portait un collier avec une médaille dorée, étonnamment luxueuse pour le chien d'un bonhomme en combinaison de travail rouge qui boit de la bière dans les squares à la tombée de la nuit. J'ai regardé de près la médaille, et constaté qu'elle comportait, au lieu du « C » de Charles, un « T » gravé sur l'une de ses faces. « T » comme téléportation, bien sûr ! Très excité, j'ai demandé au bonhomme :

– Est-ce que vous pourriez me prêter le collier de Charles ? Ce serait juste pour ce soir ! Je vous le rapporterais demain ! Promis ! Juré ! Vous pouvez me croire, je...

– OK, m'a coupé le bonhomme sans demander plus d'explications.

Devant la porte de notre appartement, le collier de Charles passé autour de mon cou, j'ai prononcé avec détermination la formule appropriée :

– Hop !

Instantanément, je me suis retrouvé chez nous. Voilà, ce n'était pas plus difficile que ça !

Mais j'étais bien trop content de moi pour m'arrêter là.

– Hop ! Hop ! Hop !

De petit bond en petit bond, je parcourais l'appartement sans me soucier des cloisons, que je traversais comme si elles n'avaient pas existé, passant d'une pièce à l'autre en un instant. Je m'amusais comme un petit fou. J'avais intérêt à bien profiter de ce superpouvoir, puisque je cesserais de le posséder au moment où je rendrais au bonhomme le collier de Charles.

Quelle journée ! J'étais passé en quelques heures du désespoir le plus profond à la jubilation la plus extrême. N'empêche, et cette pensée m'a fait brutalement redescendre sur terre, que mes problèmes n'étaient pas, mais alors pas du tout résolus. Même si je parvenais, ce qui n'était pas certain, à convaincre la directrice de me renvoyer de l'école au lieu de fermer la classe de mademoiselle Mouette, cela signifiait que je ne verrais plus mes copains. Et si la directrice refusait de m'écouter, alors tout le monde serait malheureux par ma faute.

Une idée m'est subitement venue. Une idée pas tout à fait complète, en réalité, mais un petit morceau d'idée. Le début d'un plan dont j'avais l'intuition qu'il pourrait me mener assez loin. Pour le moment, je n'en visualisais pas exactement tous les détails, mais dans certains cas, me suis-je dit, il est préférable d'agir rapidement plutôt que de réfléchir trop longuement.

Je me suis concentré fortement, ce qui, comme vous le savez, n'est pas facile pour moi. Mais je l'ai fait. J'ai fermé les yeux, serré les poings et prononcé avec une grande conviction :

– Hop !

Lorsque j'ai rouvert les yeux, j'ai éprouvé une légère déception. Je n'étais pas du tout là où je l'avais souhaité. J'étais toujours dans notre appartement, à un mètre de l'endroit où je me trouvais précédemment. J'ai soupiré et failli dire, comme la directrice de mon école :

– C'est joyeux...

Car j'avais espéré qu'à l'aide de la fameuse médaille il me suffirait de me concentrer à fond pour me retrouver téléporté exactement où je le désirais. Bon, ce n'était pas comme ça que fonctionnait ce superpouvoir. Tant pis ! Je ne renoncerais pas pour autant à mon début de plan. Cela me prendrait juste un peu plus de temps.

– Hop ! Hop ! Hop ! Hop ! Hop !

Je suis sorti de l'appartement, ai descendu la rue et ai pris le chemin de l'école. C'était doublement amusant de découvrir la nuit cette ville que je ne connaissais que pendant la journée, et d'en parcourir les rues grâce à la téléportation. Cependant, lorsque je me suis aperçu qu'une voiture s'était arrêtée à un feu rouge, je me suis remis à me déplacer normalement, un pas après l'autre, pour ne pas effrayer le chauffeur. Car il n'avait certainement pas l'habitude de voir quelqu'un disparaître pour réapparaître un mètre plus loin.

Puis j'ai franchi la grille de l'école et me suis retrouvé dans la cour. J'ai repéré une fenêtre éclairée tout en haut du bâtiment et me suis hâté sans me soucier des murs ni des portes fermées à clé.

– Hop ! Hop ! Hop !

Bientôt, j'aurais mené à bien la première partie de mon plan. Et ensuite, que ferais-je ? Je n'en avais pas la moindre idée. Bah, on verrait bien. Une dernière porte se présentait devant moi. Pas trop réfléchir… Non, pas réfléchir du tout.

– Hop !

Représentez-vous une chambre recouverte de papier peint mauve et jaune, envahie de dix mille objets et fanfreluches assortis. Un grand lit, et dedans, bouche bée, les cheveux hérissés, les yeux exorbités… la directrice en train de me dévisager ! Je dois avouer que je n'en menais pas large, mais je faisais de mon mieux pour ne pas le montrer. Je crois que j'aurais préféré que la directrice se mette à me crier dessus et à m'insulter. Mais elle demeurait pétrifiée, calée au fond de son lit par des oreillers, le livre qu'elle était en train de lire avant mon arrivée tombé sur ses genoux. Je restais moi aussi sans rien dire et cela aurait pu durer une éternité. J'ai craqué avant elle. C'est que j'avais entendu parler de personnes chez qui une grande frayeur avait provoqué une crise cardiaque, et je me demandais si ce n'était pas ce qui était en train d'arriver à la directrice. Alors, gentiment, je lui ai demandé :

– Euh… ça va ?

Là, enfin, la directrice a hurlé. C'était douloureux pour mes oreilles, mais ça m'a soulagé. Au moins, elle était encore en vie. Hop, je me suis téléporté de l'autre côté de la porte de la chambre. C'était un grand appartement, mais j'ai fini par trouver la cuisine, où j'ai rempli un verre d'eau au robinet pour la directrice. Je suis retourné vers la chambre en le portant sur un plateau grâce à l'antigravitation. Devant la porte, je me suis demandé si mes deux superpouvoirs fonctionnaient en même temps. C'est-à-dire si je pouvais à la fois me téléporter dans la chambre ET conserver le plateau en équilibre à quelques millimètres au-dessus de mes mains. C'est ce qu'on allait bientôt voir. Mais avant de prononcer « hop ! » j'ai tendu l'oreille. La directrice était en train de parler sur un ton angoissé et voilà ce qu'elle disait :

– … Oui, docteur, je vous assure que c'est ce que j'ai vu ! L'un des élèves de cette classe dont je vous ai parlé, l'un de ces petits monstres ! Il était là, en face de moi, et il me regardait d'un air féroce !

Il y a eu un silence pendant lequel, sans doute, la personne à l'autre bout du téléphone disait quelque chose à la directrice. Puis elle a repris la parole :

– ... Je le sais bien, que c'est impossible ! Mais je l'ai vu ! Si c'était une hallucination, elle était vraiment très, très précise. Il est apparu devant moi et, tenez, j'ai oublié de vous le dire, il portait un collier de chien ! Qu'est-ce que cela signifie, d'après vous ?

Un silence de nouveau.

– ... Vous croyez que ça a un rapport avec le petit caniche que j'ai abandonné sur le bord de la route l'été dernier en partant en vacances ? Mais je vous l'ai déjà dit, je ne pouvais pas faire autrement ! L'hôtel n'acceptait pas les animaux ! Ce n'était pas ma faute...

La directrice s'exprimait à présent sur un ton pitoyable.

– ... Un sentiment de culpabilité, vraiment ? Des remords ? Et il y aurait un lien avec cette classe que je m'apprête à fermer ? Mais c'est affreux ! Je ne veux pas payer tout le reste de ma vie pour mes mauvaises actions ! Que me conseillez-vous de faire, docteur, pour que cessent ces hallucinations ?

Il y a eu encore un moment de silence, puis j'ai entendu qu'on raccrochait le téléphone. Alors j'ai eu un réflexe malheureux. Plutôt que de me faire oublier, j'ai dit machinalement :

– Hop !

Et, bien sûr, je me suis de nouveau retrouvé dans la chambre de la directrice, avec mon plateau et mes verres d'eau.

– Encore toi ? s'est étonnée la directrice. Oh, il faut que je te dise : je sais que tu n'existes pas. Tu n'es qu'une hallucination. Un pur produit de mon imagination. Allez, disparais ! Hop !

Au « hop » de la directrice, je me suis matérialisé juste à côté de son lit. De surprise, j'en ai levé les bras au ciel et lâché mon plateau, qui, bien sûr, a continué de tenir tout seul en l'air.

– Joli ! m'a complimenté ironiquement la directrice. De mieux en mieux ! Un tour de magie, maintenant ? Eh bien, cela ne m'impressionne pas du tout. Tiens, un verre d'eau ! Comme c'est aimable !

Et, voulant se prouver à elle-même qu'elle n'avait pas peur, elle a tendu la main pour attraper le plateau. Mais, faisant un faux mouvement, elle l'a renversé sur son lit, inondant ses draps. Sentant le froid et l'humidité, la directrice a blêmi :

– Bon sang ! Une hallucination liquide, maintenant ! Je n'y comprends plus rien.

– Je... je suis désolé, ai-je bafouillé.

– D'après mon psychiatre, a repris la directrice, j'étais censée cesser d'avoir des hallucinations dès lors que j'aurais pris la décision de ne pas fermer cette classe... Réfléchissons... Peut-être es-tu réel, après tout ? Voyons voir !

Comme la directrice faisait mine de se lever de son lit, j'ai décampé le plus vite possible, traversant les murs, puis courant jusqu'à notre appartement, où je me suis dépêché de me coucher avant que mon grand-père rentre. Que devais-je conclure de la dernière scène dans la chambre de la directrice ? Est-ce que je n'avais pas tout gâché en voulant en faire trop ? Je n'arrivais plus à penser à quoi que ce soit. La journée avait été si longue et si remplie que je me suis endormi instantanément. Est-ce à cause du collier de Charles que je n'avais pas pris le temps de retirer de mon cou ? En tout cas, dans mon rêve, je parcourais la campagne en bondissant à quatre pattes et c'était fantastique.

Chapitre 3

Le lendemain matin, je m'apprêtais à frapper à la porte du bureau de la directrice, mais je n'en ai pas eu le temps. La porte s'est ouverte, laissant apparaître une fille époustouflante que je n'avais encore jamais vue dans l'école. Non, époustouflante n'est pas un mot suffisant pour la décrire. Je devrais dire ahurissante. Ou encore hallucinante. Non, il n'existe pas de mot pour décrire cette fille. Ses yeux brillaient, ses cheveux brillaient, ses vêtements brillaient. C'était comme si, avant de partir de chez elle ce matin, elle s'était tout entière plongée dans un bain de poudre d'or.

– Je vais te conduire dans ta classe et te présenter à ta maîtresse, chère petite Zibeline, a dit quelqu'un dont je connaissais la voix mais que je n'avais jamais entendu s'exprimer aussi aimablement.

J'étais tellement ébloui par cette fille que je n'avais pas remarqué qu'elle était suivie par la directrice. J'ai juste eu le temps de me glisser derrière la plante en pot qui avait servi à Ibis de cachette le jour précédent. En me voyant disparaître, la fille a laissé fuser un petit rire et, à moitié caché par une grosse feuille, j'ai pu voir ses dents. Elles aussi, elles brillaient.

Zibeline… Zibeline… Zibeline… Je me répétais ce prénom merveilleux en descendant l'escalier, à bonne distance de la directrice. C'est un miracle que je ne me sois pas emmêlé les pieds, tant je ne pensais à rien d'autre qu'à cette apparition.

Ce matin-là, j'étais arrivé à l'école très, très en avance. La cloche ne retentirait pas avant un bon quart d'heure. Puisque ce n'était pas le moment d'avoir une entrevue avec la directrice, je suis allé voir mademoiselle Mouette. Elle était seule dans la classe, occupée à préparer le travail de la journée.

– Entre, Ferdinand, m'a-t-elle dit depuis son bureau. Tu as quelque chose à me dire ?

– Oui. Je voulais… C'est difficile à expliquer, mais je vous jure que je n'ai pas fait exprès de… Enfin, pour le dessin, vous savez, celui qui représente la directrice… Parfois, je fais des choses sans m'en apercevoir. Parce que, je ne sais pas si vous l'avez remarqué, mais il m'arrive de manquer de concentration…

– Oui, je l'ai remarqué, a dit mademoiselle Mouette.

Et elle a pouffé de rire avant de reprendre :

– N'empêche que c'était tout de même un dessin très réussi !

– Je suis désolé, ai-je dit, des ennuis que je cause à tout le monde. Si la classe devait être fermée par ma faute, ce serait…

– Allons, allons… Ce n'est pas une chose si certaine, a dit mademoiselle Mouette. Ce n'est pas la première fois que madame la directrice agite cette menace.

– Je voulais… Enfin, je veux aller lui expliquer que je suis le seul coupable et qu'il n'y a que moi qui mérite d'être puni, pas tous les élèves.

La maîtresse allait me répondre, lorsque la directrice est entrée en trombe.

– Mademoiselle Mouette, j'ai à vous parler. Ce sera très rapide.

– Ferdinand, a dit mademoiselle Mouette, tu peux sortir une minute ?

– Ce n'est pas la peine, a dit la directrice. Il peut aussi bien rester ici, parce que je ne crois pas en son existence. Cet élève n'est qu'un produit de mon imagination.

– Comment ? Mais non, a protesté mademoiselle Mouette. Je vous assure que Ferdinand est un garçon tout à fait réel…

– Dans votre situation, a dit la directrice sèchement, vous feriez mieux de ne pas me contredire. De toute manière, j'ai pris ma décision. Votre classe ne sera pas fermée, du moins pour l'instant.

Sans attendre de remerciements, elle s'est retournée et a marché droit sur moi comme si je n'existais pas. J'ai dû faire vivement un pas de côté pour m'écarter de son passage. J'ai pu l'entendre qui grommelait en s'éloignant :

– Vivement que cessent ces fichues hallucinations…

Nous nous sommes retrouvés tous les deux, mademoiselle Mouette et moi. Bien sûr, nous étions très, très contents. Mais j'ai remarqué que la maîtresse me regardait d'un drôle d'air, en se demandant ce que j'avais bien pu faire à la directrice.

À la récréation suivante, il y avait un attroupement au milieu dans la cour. Au lieu de se balader comme d'habitude par deux ou par trois, toutes les filles de la classe de CM2 formaient une sorte de mêlée de rugby. Même si je ne pouvais pas apercevoir la personne qui était au centre de l'intérêt général, ce n'était pas difficile à deviner : au-dessus de leur petit groupe s'élevait un halo doré.

– Attrape ! m'a crié Babouche.

Mais c'était trop tard. Le ballon qu'il m'avait lancé était passé au-dessus de ma tête et venait d'atterrir pile au milieu des filles. Lorsque je me suis avancé vers elles, on aurait dit une scène de conte de fées : tandis que Zibeline, aussi majestueuse qu'une princesse en visite parmi son peuple, attendait, le ballon entre ses mains, ses suivantes s'écartaient l'une après l'autre pour me céder le passage. C'était la première fois de ma vie que je jouais le rôle du Prince Charmant. Il fallait sûrement que je dise quelque chose. Je cherchais dans ma tête la formule appropriée, mais Zibeline m'a devancé :

– Tiens, tiens ! Je crois que nous nous sommes déjà rencontrés ! Ne serais-tu pas le garçon qui occupe ses loisirs à se cacher derrière les plantes vertes ?

Ses nouvelles amies, bien qu'elles ne comprennent pas de quoi parlait Zibeline, ont éclaté de rire. Et moi, de l'état de Prince Charmant, je suis passé à celui de misérable crapaud. Du coup, je n'ai pas trouvé mieux que de coasser :

– Quoi ? Quoi ? Euh… Je veux dire, oui, c'est moi… Enfin, je suis… Tu es… Tu es nouvelle dans l'école ?

– Ce garçon a un sens de l'observation très, très développé ! a dit Zibeline.

Et elle a émis un petit rire adorable en rejetant la tête en arrière comme ces femmes dans les films en noir et blanc qui portent des colliers de diamant et boivent des coupes de champagne. Les autres filles étaient suspendues à ses lèvres, subjuguées par sa diction impeccable, par son vocabulaire étudié et par ses poses parfaites.

– Ma foi, a repris Zibeline, je vais répondre à ta question. Oui, il se trouve que j'ai le projet de fréquenter quelque temps cet établissement scolaire. Mais j'espère bien ne pas y recevoir un projectile sur la tête à chaque récréation ! Au fait, ceci doit t'appartenir, n'est-ce pas ?

D'un geste élégant, elle m'a lancé le ballon. Quant à moi, je n'ai pas bougé d'un pouce pour le rattraper. Pourtant, j'ai d'habitude d'assez bons réflexes. Mais là, devant cette fille époustouflante, il faut croire que je n'étais plus moi-même. Je crois bien qu'en vérité je me montrais au-dessous de tout.

Zibeline a continué :

– Et cette jeune demoiselle ? Serait-elle ta petite amie ?

Je n'ai pas compris de qui parlait Zibeline, jusqu'à ce que je me souvienne de Gaufrette, accrochée comme d'habitude à ma main gauche. Vu que j'étais trop abasourdi pour répondre quoi que ce soit, Zibeline a conclu :

– Eh bien, merci pour cette conversation, c'était tout à fait passionnant !

Puis elle a tourné les talons, suivie par ses admiratrices. Gaufrette a lâché ma main pour écrire un mot dans son bloc, et ce mot c'était KRANEUZ. Apparemment, le charme de Zibeline ne fonctionnait pas sur tout le monde. Babouche, qui avait assisté à toute la scène, m'a demandé tout bas :

– Tu es amoureux ?

Ce n'est qu'à ce moment-là que j'ai compris que je l'étais. Cette révélation a déclenché en moi une série de sensations parfaitement incontrôlables. J'ai eu à la fois envie de rire et de pleurer ; de me mettre à sauter en l'air en hurlant et de me cacher derrière un radiateur à la manière d'Ibis ;

de devenir tout de suite adulte pour épouser Zibeline et de retourner à l'état de bébé pour ne plus rien avoir à décider. Mais tout ce que j'ai réussi à exprimer, c'est un minuscule et plaintif :

– Ouiii...

– Super, a commenté Babouche. Tu veux que j'aille lui demander si elle est amoureuse de toi ?

Sa question m'a plongé dans la plus grande stupéfaction. C'est que Babouche me la posait sur un ton parfaitement banal. Comme s'il n'était pas du tout étonné que moi, Ferdinand, j'éprouve tout à coup un sentiment si grand et si puissant. Comme si c'était un truc qui arrivait tous les jours. Vous annoncez à un copain que vous êtes amoureux de la fille la plus incroyable du monde, alors il vous propose d'aller voir la fille pour lui demander si elle est amoureuse aussi. Et puis ensuite, qu'est-ce qui est censé se passer ? Elle répond que oui et vous recommencez à jouer au ballon avec votre copain ?

– Je lui demande ou je lui demande pas ? a insisté Babouche. Je te signale que la récré est presque terminée. C'est maintenant ou jamais !

J'hésitais. Forcément, j'envisageais le pire. Si Zibeline n'était pas amoureuse de moi, j'allais être très malheureux. En même temps, il était peut-être préférable que je sois fixé tout de suite… Depuis un moment, ma main gauche me faisait un mal de chien, comme si quelqu'un y enfonçait ses ongles pour attirer mon attention. J'ai baissé le regard vers Gaufrette, qui brandissait son carnet vers moi. FAI PA SA ! ! ! avait-elle écrit en lettres énormes. Et elle me regardait comme si ma vie était en danger. Babouche m'a murmuré à l'oreille :

– Elle est bien mignonne, la miniature, mais en amour, elle n'y connaît rien de rien. Normal, elle est trop jeune ! Si tu veux sortir avec Zibeline, je t'assure, le mieux c'est que j'aille lui demander pour toi.

L'amour m'était tombé dessus sans prévenir il y avait à peine une minute, et voilà qu'il était question, maintenant, que je sorte avec une princesse. Avais-je seulement une chance auprès d'elle ? Il me semblait que tout était allé beaucoup trop vite. J'aimais Zibeline, cela ne faisait aucun doute. Oui, je l'aimais d'amour. Mais désirais-je sortir avec elle ? Et d'abord, sortir avec une fille, qu'est-ce que cela signifiait au juste ?

Avant que j'aie eu le temps de prendre une décision, la fin de la récréation a sonné. Les élèves se sont placés, comme c'est le règlement, en rang deux par deux. Dans la classe de mademoiselle Mouette, nous ne sommes que huit. Aussi cela devrait-il être tout simple pour nous. Mais il survient toujours des complications. Strapontin, par exemple, qui fait semblant de se tromper et va se mélanger avec les élèves d'une autre classe. Ibis qui ne veut pas sortir de derrière un arbre. Chacal qui se roule par terre en pleurant. Et, bien sûr, Aria qui n'accepte de donner la main à personne. D'habitude, je ne prête pas attention aux excentricités de mes copains. Mais ce jour-là, je ne sais pas pourquoi, j'aurais préféré qu'ils se tiennent mieux et que nous offrions l'image d'une classe un peu plus normale.

Dans la file des CM2, plusieurs filles se bousculaient pour avoir l'honneur d'être à côté de Zibeline. Je les comprenais. Moi-même, j'aurais tout donné pour lui tenir la main. C'est à cela que je pensais très fort lorsque, comme aimantés par mon regard, ses yeux si brillants se sont tournés vers les miens. Un grand vide s'est fait dans ma tête, je n'ai plus pensé à rien.

– Zibeline, je t'aime !

Vous avez deviné. C'est moi qui avais crié. Un grand silence s'est fait dans la cour de récréation et tout le monde m'a regardé. Tout le monde sauf la directrice, pour qui j'avais cessé d'exister. C'était déjà ça.

J'étais impatient de rentrer à la maison pour demander conseil à Thierry au sujet de Zibeline. Mais Thierry, lui aussi, avait quelque chose à m'annoncer.

– Ferdinand, j'ai rencontré quelqu'un. Une nana. Elle vient dîner ce soir à la maison et elle va avoir le privilège de déguster mes célèbres poivrons farcis.

De toute évidence, ce n'était pas ce soir que j'allais pouvoir parler à Thierry de mes soucis. Mon grand-père avait revêtu un jean blanc tout propre, une chemise noire parfaitement repassée et avait noué autour de son cou son foulard fétiche à têtes de mort.

– Je veux lui faire bonne impression, m'a-t-il dit.

J'avais deviné. Les poivrons farcis, ce n'est que pour les grandes occasions.

– C'est une nana plutôt spéciale, tu vas voir.

Mon grand-père avait le chic pour se trouver des petites amies très spéciales. La dernière en date, Lucie, avait le crâne rasé, des piercings dans les sourcils et trois grands chiens qui la suivaient partout. Elle était très gentille, mais avec Thierry, ça n'a pas duré longtemps. Quelques jours après leur rencontre, elle est partie faire un voyage en Inde et ça lui a tellement plu qu'elle n'est jamais revenue. Je me suis toujours demandé ce qu'étaient devenus ses chiens, et ça m'a fait penser que je devais rapporter au bonhomme en rouge le collier de Charles. J'ai dit à mon grand-père que j'avais une course à faire.

– OK, mon pote, a dit Thierry. Mais sois de

retour à huit heures pétantes, pour le dîner. Stéphanie sera là et je veux lui faire…

– … bonne impression. Je crois que j'ai compris !

Au square, je n'ai pas eu de mal à retrouver le bonhomme. Il était sur le même banc que la veille, en compagnie de ses deux fidèles packs de bières.

– Alors, m'a-t-il demandé, le collier de Charles t'a permis de résoudre tes problèmes ?

– Oui, merci. Les problèmes que j'avais hier se sont parfaitement arrangés. Mais aujourd'hui, j'en ai un nouveau, et c'est beaucoup plus grave.

– Je peux te prêter encore le collier, si tu veux.

– C'est gentil, mais je ne crois pas que ça m'aiderait beaucoup.

– C'est un problème si grave que ça ?

– Je suis amoureux.

– Aïe ! a dit le bonhomme.

Et Charles a poussé un aboiement hyper-lugubre qui a résonné dans tout le square. C'était joyeux…

Chez nous, il y avait du changement. En plus d'enfiler ses vêtements les plus chics, mon grand-père s'était rasé de près et, au lieu de la musique remuante qu'il affectionne, il avait posé sur la platine mon album de piano préféré.

– Erik Satie, ai-je remarqué.

– J'avais cru comprendre que tu t'appelais Ferdinand, a dit une jeune femme assise sur le sofa.

– Hein ? Ah, oui. Erik Satie, c'est le nom du musicien qui…

– Je sais, m'a interrompu la jeune femme. Je plaisantais.

Elle a éclaté d'un grand rire, bientôt suivie par Thierry. Tous deux étaient là à se bidonner en me regardant comme si j'étais le dernier des abrutis. C'était… Bon, je ne vais pas me mettre moi aussi à répéter « C'est joyeux » à tout bout de champ…

– Voici donc Ferdinand, a annoncé Thierry sur un ton cérémonieux que je ne lui connaissais pas. Mon épatant petit-fils.

– Enchantée, Ferdinand. Moi, je suis Stéphanie.

Et elle m'a tendu la main en demandant :

– Tu es en quelle classe, à l'école ?

– Je suis dans la classe de mademoiselle Mouette.

Stéphanie a eu l'air perplexe.

– C'est une classe un peu particulière, a expliqué Thierry. Une classe où chaque élève progresse à son propre rythme.

– Je vois, a dit Stéphanie. Ça doit être formidable.

Moi, je voyais surtout qu'elle n'avait d'yeux que pour Thierry et que, entre eux deux, ça gazait à mort (pour reprendre une des expressions favorites de mon grand-père). Pourtant, Stéphanie n'avait pas du tout le style rock'n'roll. Elle portait une robe à manches courtes sur laquelle étaient imprimées des petites fleurs jaunes, roses et bleu clair. Ses cheveux, ni noir corbeau ni rouge sang, mais d'une couleur normale, étaient relevés en queue-de-cheval. Ses yeux n'étaient pas entourés d'un gros trait de crayon noir et elle n'arborait ni tatouage ni piercing. On n'avait jamais vu une nana comme elle chez nous, c'était bien vrai. Je continuais de me demander où mon grand-père avait bien pu la rencontrer. Certainement pas, en tout cas, au concert des Gibbons Braillards !

Nous sommes passés à table et mon grand-père s'est mis à faire le joli cœur devant Stéphanie. Je ne sais pas trop, en vérité, ce qu'il lui racontait ni ce qu'elle disait. De temps en temps, l'un ou l'autre me posait une question et je répondais par oui ou par non, au petit bonheur la chance. En vérité, j'avais la tête complètement ailleurs. Zibeline, Zibeline… Comment faire pour qu'elle m'aime ? Puisqu'elle était une princesse, il fallait que je devienne un prince à ses yeux.

– Alors, comment tu la trouves ? m'a demandé Thierry. Est-ce qu'elle n'est pas époustouflante ?

– Qui ça ? ai-je sursauté.

– Comment, qui ça ? Mais Stéphanie, mon pote !

Ah, oui. Stéphanie. Mon grand-père venait de la raccompagner à la porte de notre appartement et, enchanté du succès de son dîner, il voulait connaître mon opinion. Le fait est que je n'en avais aucune. Pour moi, l'adjectif « époustouflante » ne pouvait s'appliquer qu'à une seule fille et je n'ai pas besoin de redire laquelle. Cependant, si Thierry devait cuisiner ses célèbres poivrons farcis chaque fois que Stéphanie serait là, eh bien, je votais pour qu'elle dîne tous les soirs à la maison. C'est ce que je lui ai dit et il m'a gentiment caressé les cheveux.

– Sacré Ferdinand… C'est chouette, la vie qu'on mène tous les deux, entre mecs. Mais parfois, je me dis que ce serait mieux qu'il y ait une nana ici.

– Ah bon ? Pour quoi faire ?

Thierry a rigolé. Il avait l'air plus jeune que d'habitude, malgré certains de ses cheveux qui sont un peu gris et ses dents qui ne sont plus très blanches à cause des cigarettes. Il a dit :

– On ne va quand même pas finir comme deux vieux garçons ! Les nanas, tu vois, elles amènent tout un tas de trucs chouettes dans une maison. Elles portent des robes, elles mettent du parfum, elles ont une jolie voix. Et puis, il y en a certaines qui font drôlement bien la cuisine, même si pour Stéphanie on ne peut pas encore savoir.

– Mais j'adore tes poivrons farcis ! Et je commence à plutôt bien réussir les croque-monsieur, non ?

Mon grand-père a encore souri, et il m'a regardé de cette manière dont lui seul me regarde parfois et qui me donne envie de pleurer.

– Écoute, Ferdinand, je ne dis pas qu'on n'est pas bien tous les deux. Je fais ce que je peux pour t'élever, et tu sais que je te trouve épatant. Mais je me dis que ce serait bien pour toi qu'il y ait une femme dans les parages. Je ne parle pas de remplacer ta maman, mais…

Je me suis subitement énervé et j'ai crié :

– Eh bien, si tu n'en parles pas, alors continue !

Et j'ai couru m'enfermer dans ma chambre. J'étais triste et furieux, comme chaque fois que Thierry essayait de me parler de ma mère. Qu'est-ce que c'est, une mère, d'abord ? Quelqu'un qui reste auprès de son enfant et veille à ce que tout se passe bien pour lui, non ? Pas quelqu'un qui disparaît quelques jours après la naissance de son fils et ne donne signe de vie que quand ça lui passe par la tête. Je n'avais pas de mère et je ne tenais pas à en avoir.

Un peu plus tard, Thierry a frappé à ma porte et je lui ai dit qu'il pouvait entrer.

– Je suis désolé si j'ai été maladroit avec toi, Ferdinand. Je voulais juste te dire que j'aime beaucoup Stéphanie. On ne s'était pas encore rencontrés en vrai et…

– Ah bon ? Mais d'où est-ce qu'elle sort, alors ?

– J'ai fait sa connaissance sur Internet. Ça fait plusieurs semaines qu'on s'écrit tous les jours. Je crois que c'est du sérieux, cette fois. Est-ce que tu es choqué que j'aie envie d'avoir une petite amie ?

Choqué, ce n'était pas le mot. D'ailleurs, j'avais réfléchi. Si Stéphanie venait s'installer à la maison, ce ne serait pas comme si j'avais une belle-mère. Ce serait plutôt une belle-grand-mère.

– Et qu'est-ce que tu lui as écrit pour la convaincre de venir dîner chez nous ? ai-je demandé à Thierry avec curiosité.

– Ça, c'est mon secret. Chacun a son petit truc pour draguer les nanas. Moi, j'applique la méthode Thierry. Mais en quoi ça t'intéresse ? Tu as des vues sur une copine d'école ?

Je n'ai pas répondu, mais mon grand-père a eu l'air de se douter de quelque chose.

– Si c'est le cas, a-t-il repris, fais-toi confiance. Ne va pas chercher à devenir quelqu'un que tu ne serais pas en vrai. Sois simplement toi-même. Un garçon adorable et un tout petit peu spécial. Je suis persuadé que la méthode Ferdinand va marcher du feu de Dieu.

Ouais. La méthode Ferdinand. Forcément. Mais en quoi pouvait-elle bien consister ?

Chapitre 4

On était mercredi, Thierry était au travail et moi je n'avais pas école. J'en ai profité pour faire le point sur mes superpouvoirs. En résumé, j'en possédais deux. Le premier me permettait de porter un plateau de cantine sans les mains (mais rien d'autre qu'un plateau de cantine) et le second de me téléporter à un mètre de distance (mais seulement lorsque j'empruntais le collier du chien d'un bonhomme rencontré au square). Pour un début, c'était déjà pas mal. Mais je voulais faire mieux.

Si vous aviez le choix parmi tous les superpouvoirs, lequel voudriez-vous posséder ? Moi, celui que je désirais le plus, c'était celui de voyager dans le temps. Parce que j'aurais vraiment voulu retourner au moment, dans la cour de récréation, où j'avais crié « Je t'aime » à Zibeline devant tous les élèves de l'école. Plus exactement, j'aurais voulu me retrouver quelques secondes AVANT ce fameux moment et NE PAS crier « Je t'aime ».

Attention ! Je n'ai pas dit que je n'étais plus amoureux de Zibeline. Ni que j'avais honte de l'être. Simplement, je me rendais compte que je ne lui avais pas fait ma déclaration dans les conditions idéales. Les mots étaient sortis tout seuls de ma bouche, comme Babouche quand il se met à hurler n'importe quoi. Sauf que là, ce n'était pas n'importe quoi. C'était la vérité. N'empêche que Zibeline avait dû trouver ça hyperbizarre. Il fallait absolument que je revienne en arrière pour effacer tout ça et avoir une chance de conquérir son cœur d'une manière normale.

J'ai sorti un des cahiers où je représente habituellement des monstres et j'ai commencé à dessiner sur une nouvelle page. À quoi pouvait bien ressembler une machine à voyager dans le temps ? J'en avais vu plusieurs dans des films. C'était toujours une sorte de véhicule dans lequel le voyageur temporel devait grimper et actionner des tas de manettes, de boutons et de cadrans.

Au bout d'une demi-heure, j'avais dessiné plusieurs machines assez réussies, mais cela ne m'avançait pas à grand-chose car je n'avais aucune idée de la manière dont je pourrais m'y prendre pour les fabriquer. Si je décidais de me consacrer à ce travail, cela me prendrait des mois, peut-être même des années. Zibeline et moi serions déjà adultes lorsque j'y parviendrais. Et encore, rien ne prouvait que ma machine fonctionnerait. Découragé, je suis allé m'asseoir sur le sofa du salon. C'est alors que j'ai eu une idée.

– Imaginons, me suis-je dit à moi-même, que je consacre, par exemple, deux ans à construire une machine à voyager dans le temps. Eh bien, une fois que je l'aurais terminée, je n'aurais qu'à me l'envoyer à moi-même dans le passé. Et le passé de mon avenir, c'est mon présent. C'est aujourd'hui ! C'est maintenant !

C'est pourquoi je suis resté assis à ma place, persuadé qu'une machine à voyager dans le temps allait apparaître devant moi, là, sur la table basse du salon. Et c'est ce qui est arrivé.

Enfin non, pas tout à fait. Ce qui est arrivé, c'est que QUELQUE CHOSE est apparu sur la table du salon. Mais en réalité, c'était très décevant. Ce n'était rien d'autre qu'un skateboard. Et encore, même pas un skateboard spécial. Juste mon vieux skateboard, celui que Thierry m'avait offert pour Noël et dont je n'avais jamais réussi à me servir correctement parce que le skateboard, ce n'est pas vraiment mon truc. Je l'ai inspecté de tous les côtés, dans l'espoir d'y voir un quelconque cadran ou une manette : rien du tout.

À ce moment, le téléphone a sonné.

– Allô ? ai-je dit. Qui est à l'appareil ?

Aucune réponse.

– Babouche ? C'est toi ? Pourquoi tu ne dis rien ?

– BIP... BIP... BIP...

À l'autre bout du fil, quelqu'un s'amusait à pianoter sur les touches de son téléphone, ce qui avait pour effet de produire des sons désagréables pour mes oreilles. J'ai eu une intuition :

– Gaufrette ?

Un BIIIIIIIIIIIIIIP ! enthousiaste m'a répondu. J'ai proposé :

– Un bip pour oui, deux bips pour non, d'accord ?

– BIP !

– Bon, on commence. Tu as quelque chose à me dire ?

– BIP !

– Tu peux me le dire au téléphone ?

– BIP ! BIP !

On était bien avancés ! J'ai demandé :

– Et c'est urgent ?

– BIIIIP !

– Ça ne peut pas attendre demain, quand on se verra à l'école ?

– BIIIP ! BIIIIIIIIIIIIIIIIIP !

– Je vois. Est-ce que tu veux qu'on se retrouve devant le square ?

– BIP !

Et elle a raccroché.

Avec Gaufrette, j'ai des responsabilités. Bien qu'elle ignore mes superpouvoirs, c'est moi qu'elle a choisi pour héros. Lorsqu'elle a besoin de moi, je me dois de répondre présent.

De toute manière, ça ne tombait pas trop mal, j'avais envie de me dégourdir les jambes. Machinalement, j'ai attrapé mon skate et, puisque je ne sais pas m'en servir pour me déplacer, je l'ai porté sous mon bras dans la rue. Devant le square, Gaufrette m'attendait en agitant un bout de papier. Son visage exprimait l'impatience qu'elle ressentait à l'idée de me communiquer une précieuse information. Nous sommes entrés dans le square pour y chercher un coin tranquille. Et là, j'ai commis une erreur. J'ai oublié que, lorsqu'on va vers la droite, on tombe toujours sur une bande de sales types qui n'ont rien d'autre à faire que de provoquer les individus plus jeunes et en moins grand nombre. Ça n'a pas loupé :

– Eh ! Tu nous présentes ta petite amie ?

Nous avons baissé la tête et pressé le pas. Mais les sales types semblaient particulièrement désœuvrés. Ils ont insisté :

– Ben alors, mauviette, tu nous ignores ? Mais c'est pas poli, ça ! Allez, quoi ! Venez discuter un peu avec nous, les amoureux !

Nous nous sommes mis à courir vers le fond du square. J'ai entraîné Gaufrette derrière un massif de fleurs et nous nous sommes accroupis. Manque de pot, les sales types s'étaient lancés à nos trousses. Je ne suis pas certain qu'ils avaient vraiment l'intention de nous faire du mal, mais Gaufrette était très effrayée. Je la devinais prête à fondre en larmes et je ne voulais pas que les sales types en profitent pour se moquer d'elle.

De notre cachette, je les entendais se rapprocher :

– Petits, petits ! Montrez-vous, ou alors on va se fâcher !

Sans réfléchir, comme si c'était la seule chose à faire, j'ai posé le skate sur le sol, m'y suis assis à califourchon, ai installé Gaufrette devant moi et lui ai dit :

– Ferme les yeux, vite !

Avant de fermer à mon tour les miens, j'ai eu le temps d'apercevoir le plus costaud de tous les sales types qui se penchait au-dessus de notre massif de fleurs. Il s'est mis à ricaner :

– Tiens, tiens ! Voilà les amoureux ! On va leur faire passer un mauvais…

L'instant d'après, j'étais debout, mon skate sous le bras, À L'EXTÉRIEUR DU SQUARE, tellement surpris que j'ai manqué en perdre l'équilibre. Devant la grille se tenait Gaufrette, qui agitait un bout de papier dans ma direction. Son visage ne trahissait plus la moindre peur, mais l'impatience qu'elle avait de me communiquer une précieuse information…

Bon sang ! C'était incroyable, mais ça avait marché ! J'étais bel et bien en possession d'une machine à voyager dans le temps ! Le skateboard nous avait ramenés quelques minutes en arrière, juste avant que nous n'entrions dans le square pour y tomber sur les sales types. Je me suis précipité sur Gaufrette et l'ai serrée dans mes bras :

– Tu vas bien ? Tu n'as pas eu trop peur ?

La petite fille s'est reculée pour m'observer avec stupeur. Peur de quoi ? disaient ses yeux.

– Tu ne te rappelles de rien ? ai-je insisté.

Gaufrette a fait un petit signe d'incompréhension et a de nouveau agité son papier. Apparemment, elle ne conservait aucun souvenir du mauvais moment que nous avions passé. Hem… Il faudrait que je prenne le temps de réfléchir à la manière dont fonctionnaient ces voyages dans le temps. J'avais hâte de faire de nouvelles expériences, mais pour le moment je ne devais rien dévoiler à Gaufrette. Parce que les superpouvoirs, ça doit rester secret.

Cette fois, j'ai décidé d'emmener Gaufrette dans le café où travaille Thierry et qui n'est qu'à deux rues de là.

– Chouette ! De la visite ! a dit mon grand-père. Qu'est-ce que je vous sers, jeunes gens ? C'est la maison qui offre !

« 1 CHOKOLACHO SVP », a écrit Gaufrette sur une page de son carnet.

Ce qui est vraiment bien, avec Thierry, c'est qu'il prend les gens comme ils sont. Il n'a pas semblé étonné que je lui amène une minuscule copine qui ne prononce pas un seul mot, mais l'a au contraire félicitée de savoir déjà aussi bien écrire. Puis il nous a servi deux tasses de chocolat accompagnées de tartines sur une petite table près de la fenêtre. Je peinais à me remettre de mes émotions, aussi Gaufrette m'a-t-elle tiré par la manche de mon sweat-shirt pour me rappeler à la réalité. J'ai regardé le papier qu'elle avait déplié et qui était en fait une page de journal.

« SIMPLEMENT FORMIDABLE », titrait l'article. Ça parlait d'une pièce de théâtre jouée dans notre ville. Gaufrette m'a montré du doigt une photo en noir et blanc. Il y avait, sur une scène, un vieux monsieur avec une couronne et, à côté de lui, une fille… époustouflante. Zibeline ! MA Zibeline jouait dans une pièce de théâtre ! Tout excité, j'ai couru au comptoir du café.

– Alors, m'a chuchoté Thierry en désignant du menton Gaufrette qui était restée à notre table, c'est elle, ta petite amie ? Elle est mignonne, dis donc !

Ah non ! Il n'allait pas s'y mettre ! Avec impatience, je lui ai montré la photo du journal :

– Mais non ! C'est ELLE ! Enfin, ce n'est pas vraiment ma petite amie, mais…

Thierry a émis un petit sifflement.

– Une actrice ? Rien que ça ? Bravo, mon pote, tu ne t'embêtes pas ! Et quand veux-tu qu'on aille l'applaudir ?

– Ce soir ? ai-je suggéré.

– Tope là ! a dit Thierry.

En retournant à notre table, je souriais tellement que j'en avais des crampes dans les joues. Gaufrette, elle, m'a semblé un peu tristounette. Pourtant, c'était grâce à elle que j'étais si content, ce que je n'ai pas manqué de lui répéter sur tous les tons. Elle avait l'air de plus en plus agacée et, lorsque je lui ai proposé de venir avec Thierry et moi au théâtre pour voir Zibeline sur scène, elle a pris son bloc et y a tracé ces mots : « FOK J'IAY. » Et tandis que je la raccompagnais jusqu'à chez elle, elle a pour la première fois depuis que nous nous connaissons refusé de me donner la main. Alors, juste avant de la quitter devant sa porte, je l'ai embrassée sur la joue.

– Gaufrette, tu es géniale !

Et je le pensais vraiment.

Chapitre 5

Je n'étais jamais de ma vie allé au théâtre, mais je savais qu'il fallait s'y présenter habillé d'une façon élégante. Aussi ai-je été ravi d'apprendre que Stéphanie venait avec nous. Même si je ne la connaissais pas encore très bien, je lui faisais plus confiance qu'à Thierry ou à moi-même quant au choix des vêtements appropriés. Elle a trouvé très bien mon idée de porter ce soir-là un jean propre avec un T-shirt blanc sans aucune inscription et parfaitement repassé (par mes soins, je précise). Avec Thierry, qui voulait absolument porter son pantalon en cuir, sa chemise à jabot rose pâle et sa veste en velours bordeaux des grands jours, elle a été très ferme :

– Non. Il n'en est pas question. Au théâtre, le spectacle, c'est sur la scène, pas dans la salle !

Un peu vexé mais tout de même content (je l'ai vu sourire sous cape !) que Stéphanie s'occupe de lui, Thierry a opté pour un pantalon et une chemise noirs, avec tout de même quelques badges accrochés au niveau de la poitrine. Debout dans la cuisine, nous avons dévoré à toute allure les délicieux croque-monsieur que j'avais préparés (« délicieux », c'est Stéphanie qui l'a dit !) avant de nous mettre en route.

Dans l'immense hall du théâtre, sous le gigantesque lustre en cristal, au milieu de la foule élégante, il y avait quelques filles de la classe de Zibeline qui m'ont aussitôt reconnu :

– C'est lui ! C'est lui ! C'est le garçon qui a crié « Je t'aime » à Zibeline !

– Dis donc, mon pote, tu as un succès fou, a dit Thierry, qui n'entendait pas ce que disaient les filles et ne voyait que leurs regards braqués dans ma direction.

Stéphanie, elle, avait compris la situation. Elle m'a chuchoté :

– Il ne faut jamais avoir honte de ses sentiments, Ferdinand.

Je n'ai pas fait de commentaire. Stéphanie était chouette, mais je trouvais qu'il était un peu tôt pour qu'elle se mêle de mes affaires. Nous sommes entrés dans la salle, nous sommes assis sur les sièges en velours et c'était impressionnant de penser que, dans quelques minutes, les lumières allaient s'éteindre, le rideau rouge s'ouvrir et que Zibeline entrerait en scène.

La pièce s'appelait *Simplement compliqué*, et il n'y avait que deux personnages. Un très vieux monsieur jouait le rôle d'un acteur de théâtre (jusque-là, en effet, ce n'était pas trop compliqué…) qui n'arrivait pas à accepter de prendre sa retraite et une petite fille lui apportait du lait. Dans le rôle de Catherine, Zibeline était… époustouflante, je ne trouve décidément pas d'autre mot. Elle était habillée en paysanne du temps passé, avec une jolie robe genre tablier, des chaussures noires vernies et un petit pot de lait à la main. Elle n'avait pas beaucoup de texte à dire, mais chaque fois qu'elle ouvrait la bouche, je devais me retenir pour ne pas applaudir.

À côté de moi, Thierry était très attentif à ce qui se passait sur scène. Il était sans doute allé au théâtre une ou deux fois dans sa vie, mais il avait tout de même nettement plus l'habitude des concerts de rock où le public ne se retient pas de manifester son enthousiasme. C'est à cause de ça, sans doute, qu'à un moment où il trouvait que l'acteur avait déclamé sa réplique d'une manière particulièrement brillante, il a dit tout fort :

– Bravo ! Ça, c'est envoyé !

Instantanément, la personne assise juste devant nous, une dame avec un chignon et un collier de perles, s'est retournée pour protester :

– Chuttttt !

J'ai cru m'évanouir. C'était la directrice de l'école ! En une fraction de seconde, elle nous a dévisagés, Thierry et moi, et l'expression de son visage est passée de la désapprobation à la terreur. De la directrice ou de moi, je n'aurais pas su dire lequel était le plus effrayé. Mon grand-père, absorbé par le spectacle, n'a rien remarqué. Très vite, la directrice, s'est retournée vers la scène et n'a plus bougé d'un poil, même quand mon grand-père a hurlé «Yeah ! Wouh ! » – ce qui est le commentaire le plus élogieux que j'aie jamais entendu sortir de sa bouche.

J'avais retenu le nom de l'auteur de la pièce, Thomas Bernhard, dont Stéphanie m'avait dit qu'il s'agissait d'un écrivain autrichien très célèbre et dont elle appréciait beaucoup les livres, de véritables chefs-d'œuvre selon elle (au fait, Stéphanie travaille dans une bibliothèque et elle lit plein de livres). Personnellement, j'ai trouvé que les tirades de l'acteur étaient un peu trop longues et les moments où la petite Catherine était sur scène beaucoup trop courts. Mais chaque fois que Zibeline apparaissait, la pièce devenait géniale (même si je ne comprenais pas grand-chose à ce que tout cela racontait, en fait).

À la fin du spectacle, j'ai tellement applaudi que j'en avais mal aux mains. Et je n'étais pas le seul ! La salle tout entière a porté les deux acteurs en triomphe. Zibeline et le vieux monsieur ont salué le public, puis sont rentrés en coulisses, sont revenus en courant, ont resalué, et ainsi de suite jusqu'à ce que cessent les applaudissements, ce qui a pris un sacré bon bout de temps parce qu'il y avait toujours quelques personnes qui recommençaient à taper dans leurs mains quand on croyait que ça allait être terminé. Quelle star, décidément, ma Zibeline !

Ensuite, les spectateurs ont quitté la salle. Sans jeter le moindre regard derrière elle, la directrice s'est échappée du théâtre. Quant à nous, Stéphanie, Thierry et moi, nous sommes restés dans le hall, qui se désemplissait peu à peu. J'étais heureux des commentaires élogieux que j'entendais sur Zibeline et je me promettais de les répéter le lendemain à Babouche, qui n'avait pas voulu courir le risque de venir gâcher le spectacle par ses cris imprévisibles.

– C'est le moment d'y aller, a dit Thierry.

– Où ça ? ai-je demandé innocemment. À la maison ?

– Ah non, pas question ! On va dans les loges pour admirer de près le talentueux acteur... Et la talentueuse actrice !

J'ai eu beau protester, assez mollement il est vrai, mon grand-père n'a pas voulu en démordre :

– Puisque c'est ta copine, il faut aller la féliciter. Tu n'as tout de même pas apporté cette rose pour rien !

À cela je n'avais rien à objecter. L'après-midi même, j'étais entré chez un fleuriste, avais longuement hésité entre plusieurs magnifiques bouquets de fleurs de toutes les couleurs, et avais finalement opté pour une rose blanche, très simple mais aussi très belle. C'était cette même rose que je tenais à présent à la main.

– Suivez-moi, a dit Stéphanie. Je sais où sont les loges.

Au bout d'un labyrinthe d'escaliers et de couloirs, nous avons débarqué dans une petite pièce où ma Zibeline était en train de se faire démaquiller.

– C'était formidable, mademoiselle ! lui a dit Stéphanie.

Et je lui ai été reconnaissante de commencer une conversation que je ne savais pas par quel bout aborder.

– Ouais, a ajouté Thierry. Époustouflant !

Là, c'était un peu trop. Thierry m'avait volé le mot que j'avais l'intention de prononcer. Du coup, je n'ai pas trouvé quoi ajouter après ça. Tout le monde attendait que je m'exprime, mais rien n'est sorti de ma bouche. Alors Zibeline, débarrassée de son maquillage de scène mais toujours aussi époustouflante, s'est levée et a marché vers moi.

– Merci d'être venu, m'a-t-elle dit en souriant. Pour une actrice qui débute sa carrière, le soutien du public est très important. Je suis surprise et heureuse que tu t'intéresses au théâtre, Ferdinand.

– J'adore le théâtre, ai-je dit dans un souffle.

Et je le pensais de toutes mes forces. Je ne sais pas pourquoi, mais Thierry et Stéphanie se sont écartés et il me semble même avoir entendu un rire étouffé venant de leur côté. Moi, j'étais tout ému par les paroles de Zibeline. Je ne savais pas qu'elle connaissait mon prénom car, en fait, nous n'avions pas été réellement présentés. Elle avait dû se renseigner sur moi, ce qui prouvait qu'elle m'appréciait au moins un tout petit peu. C'est ce que semblait dire aussi son sourire. Rompant le charme, mon grand-père s'est avancé :

– Nous fêtons samedi prochain l'anniversaire de Ferdinand à la maison. Accepteriez-vous de vous joindre à nous, mademoiselle ?

– Bien volontiers, monsieur, a dit Zibeline en exécutant une petite courbette, exactement comme elle l'avait fait lors des saluts sur la scène.

C'était génial. Je n'aurais jamais osé l'inviter moi-même et, d'ailleurs, j'avais complètement oublié que la date de mon anniversaire était si proche. À l'idée que Zibeline allait venir goûter à la maison, eh bien, c'était comme si j'avais déjà reçu le plus beau de tous mes futurs cadeaux !

Derrière nous, les copines de Zibeline trépignaient en attendant de féliciter elles aussi leur idole. J'ai dit : « À bientôt, Zibeline » et j'ai tourné les talons, suivi de Thierry et de Stéphanie. Mais, après avoir descendu quelques marches, je me suis aperçu que je tenais toujours ma rose à la main. J'avais oublié de la donner à Zibeline. J'ai dit aux autres :

– Attendez-moi en bas, j'arrive dans une minute !

Et j'ai remonté les marches quatre à quatre. J'allais entrer de nouveau dans la loge, lorsque j'ai entendu la voix d'une fille qui demandait :

– Tu vas vraiment aller à l'anniversaire de Ferdinand, Zibeline ?

– Peut-être bien que oui, peut-être bien que non… a répondu la voix mélodieuse de la fille que j'aimais.

Je n'ai pas compris ce qu'il y avait d'amusant dans ces paroles, mais j'étais apparemment le seul, puisque les autres filles ont éclaté de rire. Avec ma fleur, je me suis senti tout bête. Je l'ai déposée sans rien dire dans une espèce de porte-parapluie qu'il y avait devant les loges et j'ai filé.

– Alors, ça lui a fait plaisir ? m'a demandé Thierry.

– Hein ? Quoi ?

– La rose. Ça lui a fait plaisir ? Elle était contente ?

– Ouais. Supercontente.

Chapitre 6

Après le théâtre, je n'ai pas dormi. J'ai fait semblant de me coucher, bien sûr, mais dès que j'ai entendu le début du programme de nuit dans la chambre de Thierry (il s'endort toujours en écoutant de la musique), j'ai commencé à expérimenter les possibilités de mon skateboard reconverti en machine à voyager dans le temps.

C'était très urgent, parce que j'avais un tas de choses à modifier dans le passé. Avec Zibeline, depuis le début, tout s'était mal passé. Il fallait que j'empêche mon grand-père de l'inviter à mon goûter d'anniversaire. Puis, si j'y arrivais, il fallait que je retourne dans la cour de récréation et que je me concentre pour ne pas lui dire «Je t'aime» (bien que cela soit toujours le cas). Je rattraperais le ballon que me lancerait Babouche, de manière qu'il n'atterrisse pas sur la tête de Zibeline. Et si c'était possible, j'éviterais qu'elle me voie me cacher derrière le pot de fleurs. D'ailleurs, je ne m'y cacherais pas du tout. Je ne monterais pas, ce matin-là, jusqu'au bureau de la directrice. Je voulais que notre première rencontre, à Zibeline et à moi, ne soit pas due à une série de hasards malencontreux. Je ne voulais pas qu'elle me voie comme un garçon maladroit (ce que je suis, OK, mais ce n'est pas une raison). Je voulais qu'elle me trouve formidable. Je ne savais pas encore comment je m'y prendrais, mais le plus urgent était d'effacer mes erreurs du passé.

J'ai posé le skate au milieu de ma chambre et je me suis assis dessus à califourchon, comme j'avais fait dans le square en compagnie de Gaufrette. J'ai pris le temps de bien visualiser la situation et le moment précis où je voulais me retrouver. Autrement dit, hier matin, dans ma chambre, juste au moment de me lever.

J'ai fermé les yeux, j'ai compté jusqu'à dix et je les ai rouverts.

J'étais toujours assis à califourchon sur le skate. Il faisait nuit. Rien autour de moi n'avait changé. Les mêmes vêtements étaient posés exactement de la même manière sur la même chaise. Ça n'avait pas marché.

Pourquoi cela ne fonctionnait-il plus ? Fallait-il, pour voyager dans le temps, que je sois dans une situation de danger extrême, comme je l'avais été dans le square ? Ou bien avais-je besoin de la présence de Gaufrette ? Tandis que je réfléchissais, j'entendais la musique en provenance de la chambre de Thierry. Tout était normal, sauf que… Le début de *« I Am a Passenger »*, l'un des morceaux préférés de mon grand-père, a résonné à travers la cloison. Or, cette chanson, il me semblait l'avoir déjà entendue ce soir. Je n'en étais pas tout à fait certain, mais c'est ce qui m'a mis la puce à l'oreille.

J'étais toujours assis sur le skate, j'ai attendu la fin de la chanson. Juste après les dernières notes, j'ai fermé les yeux. Compté jusqu'à dix.

Les ai rouverts. Quelques instants plus tard, les premières mesures de *« I Am a Passenger »* se sont fait entendre.

Les choses ont commencé à devenir claires pour moi. Mais il fallait que je vérifie d'une manière scientifique. J'ai installé mon réveil de manière à pouvoir lire l'heure qu'il indiquait. J'ai de nouveau attendu la fin du morceau, puis j'ai regardé l'heure. Minuit et quart. J'ai fermé les yeux, compté jusqu'à dix, les ai rouverts. Le réveil indiquait minuit dix. Et, quelques instants plus tard, Iggy Pop entonnait *« I Am a Passenger »*.

J'ai recommencé l'expérience à plusieurs reprises. Pour arriver chaque fois au même résultat. Chaque fois cinq minutes. Il y avait de quoi être un peu énervé, non ? À la fin, j'ai envoyé valdinguer le skate dans un coin de la chambre. À quoi cela pouvait-il bien me servir de retourner cinq minutes dans le passé ? Si encore c'était cinq minutes dans le futur ! Là, au moins, je pourrais regarder sortir les numéros du Loto pour jouer la combinaison gagnante juste avant le tirage. Mais cinq minutes dans le passé ? Ça ne servait absolument à rien ! En plus, les « La la la » d'Iggy Pop commençaient vraiment à me fatiguer. J'étais très déçu.

Le matin, en me réveillant, j'avais changé d'avis au sujet du voyage dans le temps. Après tout, ce n'était pas un superpouvoir si inutile que ça. Retourner cinq minutes dans le passé nous avait permis, à Gaufrette et à moi, de nous sortir d'une situation dangereuse. Qui sait si je ne pourrais pas l'utiliser de nouveau ? Par exemple, si je faisais une autre gaffe devant Zibeline (c'était affreux, je n'arrêtais presque jamais de penser à elle !), je n'aurais qu'à retourner cinq minutes avant de faire cette gaffe et de finalement NE PAS la faire.

J'ai donc mis ma machine à remonter le temps dans mon sac d'école. Elle dépassait un peu, bien sûr, et j'étais certain que le règlement de l'école interdisait d'introduire un skate dans l'établissement. Mais ce dont j'étais également persuadé, c'est que la directrice ne se risquerait pas à me faire la moindre remarque !

La directrice. C'est elle que Gaufrette, Babouche et moi avons vue en premier devant la grille de l'école ce matin-là. Toute décoiffée au milieu d'un groupe de parents et d'élèves, elle parlait très fort en faisant de grands gestes, complètement hors d'elle :

– Ne restez pas là ! L'école est fermée ! Partez ! Allez, circulez ! Vous m'entendez ? Je vous dis de rentrer chez vous !

Mademoiselle Mouette, beaucoup plus calme, est venue vers nous.

– Les enfants, a-t-elle dit, on ne fera pas classe aujourd'hui. Il y a un petit problème. Dites à vos parents d'appeler l'école pour savoir si elle rouvre ses portes demain.

C'est comme ça que nous nous sommes retrouvés avec une journée complètement libre ! Bien sûr, nous aurions pu rentrer sagement chez nous, comme l'avait ordonné la directrice. Et même, pourquoi pas, réviser nos leçons, nous avancer dans notre travail…

Un simple échange de regards entre Gaufrette, Babouche et moi a suffi : c'était décidé. Nous passerions la journée ensemble. Restait à imaginer ce que nous allions faire de ces vacances surprises. Nous avons parcouru quelques centaines de mètres, tourné à gauche, marché encore sans rencontrer aucun jardin public ou lieu accueillant. Désorientés dans cette partie de la ville que nous ne connaissions pas, nous nous sommes très vite perdus. Et, de petite rue en petite rue, nous nous sommes retrouvés… exactement devant l'école.

Tous les élèves étaient partis, mais la directrice était toujours dans la rue, avec deux types sérieux en blouson, exactement comme dans les séries policières. Alors que, tout à l'heure, je n'avais fait que me réjouir d'avoir une journée de liberté, j'ai commencé à me demander ce qui avait pu arriver de si grave dans notre école pour qu'on nous en interdise l'accès. En parlant, les adultes s'étaient un peu éloignés de la grille entrouverte.

– On entre là-dedans pour voir ce qui se passe ? m'a chuchoté Babouche.

– Non, mais ça va pas ? ai-je protesté.

Babouche se sentait peut-être l'âme d'un justicier, mais pas moi. S'il y avait dans l'école un monstre ou je ne sais quelle créature encore plus dangereuse que la directrice, je ne me sentais pas de taille à l'affronter. C'est vrai, quoi ! Ce n'est pas parce que je possède quelques micropouvoirs que cela fait de moi un héros !

– Allez, on bouge d'ici vite fait, ai-je repris.

Mais cette petite inconsciente de Gaufrette a lâché ma main et s'est faufilée par la grille.

– Tu vois, a dit Babouche. On est obligés d'y aller, maintenant.

J'ai soupiré et jeté un dernier regard vers la directrice et les autres, qui ne nous avaient toujours pas repérés, avant de suivre mes copains dans une aventure dont je me serais bien passé en vérité.

La cour de l'école offrait un triste spectacle. Enfin, tout dépendait du côté où on se plaçait. Disons que, d'un point de vue artistique, c'était… intéressant. Mais si on commençait à lire les inscriptions qui étaient appliquées à la bombe de peinture sur les murs de l'école, sur le sol de la cour et même sur les troncs des arbres, eh bien c'était…

– … tellement vrai ! s'est exclamé Babouche,

hilare, en désignant un graffiti multicolore. « LA DIRECTRICE EST UNE… »

Stop ! Je ne voulais pas en lire plus. Ni que Gaufrette, qui pouffait déjà de rire, puisse ajouter de nouvelles expressions grossières à son vocabulaire de petite fille. En moi-même, j'étais complètement révolté. Même si la directrice était effectivement une… Mais qu'est-ce que je raconte ? Non, je ne suis pas d'accord. Personne ne mérite de se lever le matin et de découvrir dans sa cour une collection d'insultes ordurières. Pas même la directrice !

Mais je n'avais pas le temps de faire la morale à Babouche. Il fallait vite nous cacher avant que quelqu'un ne nous découvre sur les lieux du crime et aille s'imaginer que nous en étions les auteurs. Il était trop tard, désormais, pour ressortir de l'école. Nous avons couru vers les toilettes, d'où nous avons pu entendre la directrice et les policiers (oui, j'avais bien deviné, c'étaient des inspecteurs en civil) entrer dans la cour.

– C'est… c'est… c'est monstrueux ! Monstrueux ! répétait la directrice.

– Allons, madame, calmez-vous, a dit une voix d'homme. Nous allons tâcher de retrouver le ou les coupables. Quand pensez-vous que ce délit ait été commis ?

– Lorsque je suis rentrée du théâtre vers vingt-trois heures, il n'y avait rien, j'en suis sûre. Ces vandales ont dû pénétrer dans l'école pendant mon sommeil. Je n'ai rien entendu, parce que je prends des somnifères et que je dors avec des bouchons d'oreilles. C'est d'une lâcheté ! Il faut les mettre en prison !

– Chaque chose en son temps, a repris l'homme patiemment. Avez-vous des soupçons ? Quelqu'un qui aurait une raison particulière de se venger de vous ?

– Comment osez-vous ? Je suis une directrice d'école absolument irréprochable. Je n'ai aucun ennemi !

Dans notre cachette, Gaufrette a pouffé de rire. Babouche et moi lui avons fait signe de se tenir tranquille. L'inspecteur a encore posé quelques questions à la directrice, puis il a dit :

– Nous allons faire le tour de l'école pour

voir si nous trouvons des indices. Vous nous guiderez, madame la directrice.

« KES KON FAI ? » a écrit Gaufrette sur son bloc. Je l'ai regardée sévèrement, car c'était entièrement sa faute si nous nous retrouvions dans cette situation absurde. Mais tout n'était pas perdu. Avec un peu de chance, les policiers commenceraient leur visite par les salles de classe, et pendant qu'ils seraient à l'intérieur, nous pourrions nous éclipser discrètement... Hélas, ça n'a pas loupé :

– CROC-EN-JAMBE ! MAJORETTE ! CINÉMATOGRAPHE !

Un de ces jours, il faudrait tout de même trouver une solution au problème de Babouche. Peut-être un bâillon, ou bien alors un genre de gros chewing-gum qui l'empêcherait de pousser des hurlements... Mais il était un peu tard pour y penser. Déjà, la directrice et les deux policiers faisaient irruption dans les toilettes.

– Eux ! a crié la directrice. J'aurais dû m'en douter ! Passez-leur les menottes et mettez-les au cachot pour le restant de leurs jours !

– Voyons, madame la directrice, a dit l'un des

policiers, qui m'a semblé assez sympa, pas d'exagération. Ces enfants ne sont-ils pas trop jeunes pour commettre un tel acte ?

– Vous ne les connaissez pas ! Ce sont les élèves de mademoiselle Mouette ! Ils sont capables de tout ! Et celui-ci en particulier…

La directrice pointait un doigt tremblant vers moi. Elle a continué :

– … vous ne pouvez pas imaginer la portée de ses pouvoirs ! C'est un monstre ! Il traverse les murs et porte des plateaux sans les mains !

Les policiers ont regardé la directrice bizarrement. L'un d'eux, celui qui avait l'air sympa, a commenté :

– Ce garçon serait un genre de superhéros, alors ? Il n'a pourtant pas l'air bien redoutable !

– On va quand même les emmener au poste pour les interroger, a dit l'autre. Et on téléphonera à leurs parents.

Aïe ! Les événements commençaient à prendre une tournure embarrassante. Je savais que Thierry ne serait pas fâché contre moi, parce qu'il m'avait raconté fièrement des histoires de jeunesse où il avait passé la nuit au poste de police après avoir participé à des manifestations d'étudiants. Mais Gaufrette et Babouche ? Leurs parents seraient-ils aussi compréhensifs ? Mes copains n'en menaient pas large.

– Est-ce que je peux aller faire pipi avant, s'il vous plaît ? ai-je demandé innocemment.

– Ne le quittez pas des yeux un seul instant ! a hurlé la directrice.

Le policier sympa a haussé les épaules.

– Vas-y, mon petit gars, on t'attend.

Je suis entré dans la cabine des toilettes et ai refermé la porte à clé derrière moi. J'ai sorti le skate de mon sac, l'ai posé sur le sol et me suis assis dessus à califourchon.

Les meilleures idées surviennent parfois dans les situations les plus désespérées. En vérité, je me suis demandé pourquoi je n'y avais pas pensé avant : si je voulais revenir, disons, une heure en arrière, je n'avais qu'à fermer les yeux… j'ai calculé mentalement le nombre de fois cinq minutes qu'il y a dans soixante minutes… Douze fois, voilà.

Quelques clignements d'yeux plus tard, j'étais en train de marcher dans la rue en compagnie de Gaufrette et Babouche (qui ignoraient tout, bien sûr, de mes allées et venues dans le temps) et nous arrivions en vue de l'école. La directrice, toute décoiffée au milieu d'un groupe de parents et d'élèves, parlait très fort en faisant de grands gestes, complètement hors d'elle :

– Ne restez pas là ! L'école est fermée ! Partez ! Allez, circulez ! Vous m'entendez ? Je vous dis de rentrer chez vous !

Je me suis arrêté pour prendre le temps de réfléchir. Puisque je savais ce qui arriverait si nous franchissions la grille, je n'avais qu'à proposer à mes copains de venir passer la journée chez moi. Nous serions tirés d'affaire et la directrice n'aurait qu'à se débrouiller avec les policiers pour retrouver les coupables.

Mais cette solution ne me convenait pas. Peut-être suis-je trop sentimental, mais voilà, la directrice me faisait un peu pitié, à agiter les bras comme une folle. Bien sûr, elle avait certainement mille fois mérité d'être punie pour ses manières autoritaires, mais… Est-ce que cette humiliation la rendrait plus humaine et gentille ? Certainement pas ! Au contraire, elle allait devenir de plus en plus soupçonneuse et aigrie. Et qui en ferait les frais ? Je n'ai pas besoin de vous faire un dessin ! Alors j'ai décidé de faire tout mon possible pour que l'école ne soit pas vandalisée pendant la nuit.

C'est pourquoi j'ai fait demi-tour et, dès que j'ai eu repéré un coin où personne ne pourrait me voir, je me suis de nouveau mis en position sur ma fidèle machine à remonter le temps. Il fallait que je vise juste, pour me retrouver chez moi vers minuit. J'ai commencé à compter le nombre de fois où je devrais ouvrir et fermer les yeux. Je ne suis pas, comme Jean-Vasistas, un spécialiste en mathématiques. Mais bon, j'y suis arrivé.

Sur la pointe des pieds, je suis sorti de l'appartement et ai marché vers le square. Je me disais qu'il valait mieux, pour affronter la situation, être en possession d'un maximum de superpouvoirs.

C'est pourquoi j'avais l'intention d'emprunter au bonhomme en rouge, si je le trouvais, le collier de chien qui me permettrait de traverser les murs.

J'ai ralenti le pas en entendant, juste à l'entrée du square, des voix que j'ai reconnues comme celles de la bande des sales types :

– Elle doit dormir, à cette heure-là, la vieille, non ?

– Attendons encore un peu, pour en être certains. Tu as les bombes de peinture ?

– T'inquiète, j'ai tout le matos ! Elle va en faire une tête, la dirlo, quand elle se réveillera !

Et ils ont éclaté de rire. Quatre sales types beaucoup plus vieux et plus forts que moi. C'étaient là les coupables, ou plutôt les futurs coupables. À moins que je ne les empêche d'accomplir leur forfait, mais comment faire ? Et si je prévenais la police ? Il suffirait d'un coup de téléphone, et elle serait là pour les cueillir à l'entrée de l'école avec leurs bombes de peinture. Est-ce qu'on met les gens en prison pour un délit qu'ils n'ont pas encore commis ? Je n'en savais rien du tout.

– Et pourquoi est-ce que tu lui en veux tellement, à cette bonne femme ? Qu'est-ce qu'elle t'a fait ?

– Elle m'a fait redoubler deux fois mon CM2, voilà ce qu'elle m'a fait. Sans elle, je serais sans doute chirurgien ou avocat !

Ça m'a semblé un peu facile, comme excuse. Mais en même temps, je voulais bien croire que la directrice ait dégoûté ce pauvre sale type de l'école à tout jamais. Du coup, j'aurais trouvé injuste qu'en plus de ça il se retrouve en prison. Je suis reparti vers la partie du square où je trouve habituellement le bonhomme en rouge. Il était là, assis sur son banc à siroter une bière, tandis que Charles le chien reniflait une poubelle.

– Qu'est-ce que tu fais là, toi ? s'est exclamé le bonhomme.

– Ce serait trop long à vous expliquer, mais il faudrait que vous m'aidiez.

– Tu es bien gentil, mais c'est que j'ai d'autres projets pour ma soirée, moi.

– Vraiment ?

– Non, je plaisante. Mais tu crois sérieusement que je peux t'aider à quelque chose ?

– Suivez-moi !

Le bonhomme ne marchait pas très droit et je crois que ça avait un rapport avec toute la bière qu'il avait bue. Mais comme je suis un garçon poli, je ne lui en ai pas fait la remarque. Cependant, j'ai dû l'encourager à avancer d'un bon pas pour arriver à l'école avant les sales types. Si la directrice avait vu ce que je faisais pour elle, elle n'en aurait pas cru ses yeux !

Hop ! Hop ! Hop ! À l'aide du collier de Charles, nous sommes passés de l'autre côté de la grille. J'avais expliqué au bonhomme ce que j'attendais de lui et il était d'accord. Lorsque les sales types sont arrivés, nous étions prêts. Nous les avons entendus :

– Comment on fait pour entrer là-dedans ?

– La courte échelle, ça te dit rien ?

C'était à nous de jouer. J'ai poussé le bonhomme du coude.

– J'ai le trac, m'a-t-il chuchoté.

C'était bien le moment ! Si nous ne faisions

rien, les sales types seraient là dans quelques secondes. J'ai crié à leur intention :

– Arrêtez ! N'entrez pas ou je vais vous casser la figure !

Je me rendais bien compte que je n'étais pas très convaincant. Leur réaction ne s'est pas fait attendre : ils ont éclaté de rire.

– Qu'est-ce que c'est que cette petite voix ? a demandé un sale type. Ils engagent des gamines comme gardiens de nuit, maintenant ?

– Prépare-toi, petite, a repris un autre sale type, ça va être ta fête !

C'est là que le bonhomme en rouge est enfin intervenu :

– Je ne vous conseille pas d'entrer, les gars, a-t-il proféré d'une voix caverneuse. À moins que vous n'ayez envie d'être attachés à un arbre et peinturlurés de la tête aux pieds.

Charles a approuvé les propos de son maître en poussant un aboiement lugubre. Heureusement, ai-je pensé, que la directrice dort avec des bouchons d'oreilles ! De l'autre côté de la grille, il y a eu un flottement. Les sales types se concertaient :

– Ouh là ! Ça sent mauvais, cette affaire.
– Ouais, ça sent le plan foireux à plein nez.
– Allez, on se tire !

En revenant vers la maison dans les rues sombres, je me disais que nous formions une drôle d'équipe, tous les trois. Un gamin, un bonhomme qui sentait la bière et un vieux chien…

– Ça me fait tout drôle, a dit le bonhomme, d'avoir été utile à quelque chose. Je crois bien que ça m'a plu !

– Il faut continuer, alors ! me suis-je exclamé. Il y a certainement plein de choses à faire et de gens à aider…

– Ne m'en demande pas trop, quand même, a rigolé le bonhomme. Pour le moment, je vais aller me coucher.

– Vous avez une maison ?

– Je ne sais pas si tu appellerais ça une maison, mais j'ai un endroit pour dormir, ne t'inquiète pas pour moi. Allez, salut. À bientôt, au square.

En fait, je m'inquiétais tout de même un peu.

Le lendemain, à l'école, la journée s'est déroulée sans événement marquant. La directrice était très calme, elle n'a pas crié de la journée. Pour un peu, on se serait presque ennuyés.

Chapitre 7

Je ne peux pas dire que j'adore mon anniversaire. J'ai même tendance, je ne sais pas pourquoi, à me réveiller avec une drôle de boule dans la gorge. Pourtant, chaque année, Thierry fait beaucoup d'efforts pour que ce soit une journée hyper-chouette. Ce matin-là, il est venu m'apporter mon petit déjeuner au lit et m'a joué l'air de « Joyeux anniversaire » sur son harmonica en exécutant une petite danse avec claquements de talons. Sympa, comme réveil…

– Il y a du courrier ? ai-je demandé.

Thierry savait très bien ce que j'espérais recevoir. Il s'est assis sur mon lit à côté de moi et m'a dit doucement :

– Non, mon petit pote. Je suis désolé, mais il n'y avait pas de carte de ta maman dans la boîte aux lettres. Et il ne faut surtout pas que tu passes ta journée à attendre son appel. Tu sais qu'elle n'est pas très forte avec les dates. Et puis, là où elle se trouve en ce moment, ce n'est peut-être pas facile de téléphoner… Mais je suis sûr qu'elle pense à toi…

Ouais. Ça m'a tout de même coupé l'appétit. Je me suis rallongé dans mon lit et ai tourné la tête contre le mur. Thierry a déposé un baiser sur mes cheveux. Il sentait la cigarette.

– Profite de ta grasse mat', a-t-il dit, on s'occupe de tout, Stéphanie et moi.

Stéphanie était à la maison de plus en plus souvent, ces derniers temps. Et de plus en plus tôt le matin, avais-je remarqué. C'était à croire qu'elle passait ses nuits chez nous.

En début d'après-midi, les premiers invités sont arrivés. D'abord Gaufrette et Babouche, bien sûr, puis Jean-Vasistas et Chacal. Ce dernier a un peu pleurniché quand il a perdu à la boxe contre Gaufrette sur la console Wii, mais il a ravalé ses larmes quand est arrivé le supergâteau d'anniversaire recouvert de sucre glace avec un grand F en fraises Tagada (Stéphanie se débrouillait plutôt bien en cuisine, en fait). Au moment où j'allais souffler les bougies, on a sonné à la porte.

J'avais un peu hésité, mais j'avais finalement décidé d'inviter le bonhomme du square, qui, au fait, s'appelle Jack. Je ne l'ai pas regretté. Lui et Charles sont arrivés tout pimpants. Ils avaient dû passer par un établissement de bain pour hommes et pour chiens où on les avait aussi parfumés. Même la combinaison et la casquette rouges de Jack étaient tout propres. « C LE VRAI PAIR NOAIL ? » m'a glissé Gaufrette sur un bout de papier.

Thierry s'est occupé de la musique, Jack de la distribution de jus d'orange et Stéphanie de l'organisation de la partie de cache-cache. On s'amusait bien, sauf que je n'arrêtais pas d'aller à la fenêtre pour voir si Zibeline arrivait. À la fin de l'après-midi, je n'y croyais plus du tout.

Comme cadeaux, j'avais reçu plein de trucs bien comme des bédés, une casquette, un bol à céréales avec mon prénom, un sweat-shirt et, de la part de Gaufrette, un hippopotame en peluche rose.

– Et celui-là, tu ne l'ouvres pas ? a demandé Babouche.

Le paquet qu'il me désignait était de petites dimensions, enveloppé dans du papier doré et accompagné d'une enveloppe également dorée. Ce qui était bizarre, c'était que je ne l'avais pas vu avant, au moment où tous les cadeaux étaient rassemblés sur la table.

– C'est de la part de qui ? ai-je demandé.

Mais au lieu de me répondre, chacun a regardé les autres d'un air perplexe. Soit c'était une blague, soit ce cadeau était arrivé tout seul. J'ai préféré aller dans la cuisine pour le déballer sans témoins.

Dans le paquet, j'ai trouvé une de ces boules à neige qu'on peut acheter dans les boutiques de souvenirs. Sauf que, là, il n'y avait pas de tour Eiffel ou d'autre monument, mais seulement un ours blanc tout seul au milieu d'un champ de neige. Intrigué, j'ai ouvert l'enveloppe qui l'accompagnait. Il y avait un petit mot :

« Cher Ferdinand, je pense à toi, ne m'oublie pas. Maman. »

C'est tout ce qu'elle avait écrit. Elle ne me disait pas où elle était, ce qu'elle faisait ni si j'allais la revoir bientôt. J'ai mis le mot dans la poche de mon jean et observé de plus près la boule à neige. L'ours blanc m'a semblé tout triste et ça m'a fait de la peine. Alors j'ai secoué doucement la boule. Des flocons de neige se sont mis à flotter autour de lui, c'était très joli. J'ai secoué plus fort et il s'est produit un curieux phénomène. J'ai senti quelque chose de froid et d'humide sur le bout de mon nez, comme si quelque chose était tombé du plafond. J'ai regardé en l'air. De VRAIS flocons de neige étaient en suspension dans la cuisine. C'était génial.

J'ai couru dans le salon et, en me penchant par la fenêtre ouverte, j'ai agité la boule de toutes mes forces et j'ai crié :

– Regardez ! Il neige ! Il neige !

ET C'ÉTAIT VRAI. Les autres ont accouru pour voir ce qui se passait. Du ciel étaient en train de tomber des rafales de neige, comme en hiver. Alors que nous n'étions qu'au début du mois de novembre ! J'ai continué de secouer la boule et la neige a continué de tomber. Ce qui était incroyable, aussi, c'est qu'elle tombait uniquement sur le trottoir de notre immeuble. Quelques passants regardaient vers notre fenêtre, émerveillés. Tous mes copains, fous de joie, criaient et riaient.

Lorsqu'il y a eu une bonne épaisseur de neige sur le trottoir, nous sommes tous descendus pour jouer. À ce moment précis, Jack ressemblait vraiment au Père Noël ! Je continuais de secouer la boule et la neige tombait autour de moi.

Tout à coup, entre les flocons de neige, j'ai vu apparaître la plus belle, la plus époustouflante des filles. Elle s'est avancée vers moi.

– Ferdinand, a chuchoté Zibeline à mon oreille, est-ce que c'est toi qui fais tomber la neige ?

– Oui, c'est moi.

– Oh ! Comme c'est beau… Je voulais venir plus tôt, mais j'ai été retenue au théâtre, pour la répétition. Tu ne m'en veux pas d'arriver si tard à ta fête d'anniversaire ?

J'ai éclaté de rire. Comment être fâché par une si belle journée ?